林徽因诗歌精选集

答案很长，我准备用一生的时间来回答

林徽因 —————— 著

图书在版编目（CIP）数据

答案很长，我准备用一生的时间来回答：林徽因诗歌精选集 / 林徽因著 . — 青岛：青岛出版社，2020.5
ISBN 978-7-5552-9050-6

Ⅰ . ①答… Ⅱ . ①林… Ⅲ . ①诗集—中国—现代 Ⅳ . ① I226

中国版本图书馆 CIP 数据核字 (2020) 第 036148 号

书　　名	答案很长，我准备用一生的时间来回答 林徽因诗歌精选集
著　　者	林徽因
出版发行	青岛出版社
社　　址	青岛市海尔路 182 号（266061）
本社网址	http://www.qdpub.com
责任编辑	程兆军
印　　刷	青岛国彩印刷股份有限公司
出版日期	2020 年 6 月第 1 版　2021 年 10 月第 2 次印刷
开　　本	32 开（889mm×1194mm）
印　　张	6.375
字　　数	150 千
书　　号	ISBN 978-7-5552-9050-6
定　　价	39.80 元

编校印装质量、盗版监督服务电话　4006532017　0532-68068050

辑一 | 爱恋
许我循着林岸穷究你的泉源

- 目录

谁爱这不息的变幻 / 03
1931 年 4 月

那一晚 / 04
1931 年 4 月

仍然 / 06
1931 年 4 月

情愿 / 08
1931 年 9 月

深夜里听到乐声 / 10
1931 年 9 月

秋天,这秋天 / 12
1933 年 11 月

你是人间四月天——一句爱的赞颂 / 16
1934 年 5 月

忆 / 18
1934 年 6 月

深笑 / 20
1936 年 1 月

别丢掉 / 22
1936 年 3 月

你来了 / 24
1936 年 12 月

红叶里的信念 / 25
1937 年 1 月

给秋天 / 31
1947 年 5 月

一串疯话 / 33
1948 年 2 月

辑二 | **自然**
夜的静,却有夜的耳在听

一首桃花 / 37
1931 年 10 月

中夜钟声 / 39
1933 年 3 月

山中一个夏夜 / 41
1933 年 6 月

雨后天 / 43
1936 年 3 月

题剔空菩提叶 / 44
1936 年 5 月

黄昏过泰山 / 45
1936 年 7 月

八月的忧愁 / 46
1936 年 9 月

山中 / 48
1937 年 1 月

古城春景 / 50
1937 年 4 月

孤岛 / 52
1947 年 1 月

昆明即景 / 54
1948 年 2 月

我们的雄鸡 / 57
1948 年 2 月

桥 / 58
1948 年 8 月

古城黄昏 / 60
1948 年 8 月

辑三 | 孤寂

像坐一条寂寞船,自己拉纤

灵感 / 63
1935 年 10 月

无题 / 65
1936 年 5 月

冥思 / 67
1936 年 12 月

空想 / 69
1936 年 12 月

藤花前——独过静心斋 / 70
1936 年 12 月

旅途中 / 72
1936 年 12 月

静坐 / 74
1937 年 1 月

十月独行 / 75
1937 年 3 月

时间 / 76
1937 年 3 月

前后 / 77
1937 年 5 月

春天田里漫步 / 78
1940 年

死是安慰 / 80
1947 年 1 月

六点钟在下午 / 82
1948 年 2 月

一天 / 83
1948 年 5 月

十一月的小村 / 84
1948 年 5 月

诗——自然的赠与 /86

辑四 | 记忆

像钟敲过后，时间在悬空里暂挂

年关 / 91
1934 年 2 月

吊玮德 / 94
1935 年 6 月

城楼上 / 98
1935 年 11 月

记忆 / 101
1936 年 3 月

静院 / 103
1936 年 4 月

昼梦 / 106
1936 年 8 月

"九·一八" 闲走 / 109
1936 年 12 月

去春 / 111
1937 年 7 月

除夕看花 / 112
1939 年 6 月

小诗（一） / 114
1948 年 5 月

恶劣的心绪 / 116
1948 年 5 月

写给我的大姊 / 118
1948 年 5 月

忧郁 / 120
1948 年 5 月

哭三弟恒——三十年空战阵亡 / 122
1948 年 5 月

辑五 | **希望**
是每小粒晶莹，给了你方向

笑 / 129
1931 年 9 月

激昂 / 130
1931 年 9 月

莲灯 / 132
1933 年 3 月

微光 / 134
1933 年 9 月

风筝 / 136
1936 年 2 月

过杨柳 / 138
1936 年 11 月

人生 / 139
1947 年 5 月

展缓 / 141
1947 年 5 月

破晓 /143
1947 年

小诗（二）/ 144
1948 年 5 月

对残枝 / 145
1948 年 5 月

对北门街园子 /146
1948 年 5 月

辑六　书信

我欠你一封信，欠得太久了

致胡适 / 149
1927 年 2 月 6 日

致胡适 / 151
1927 年 3 月 15 日

致沈从文 / 155
1933 年 11 月

致沈从文 / 156
1934 年 2 月 27 日

致沈从文 / 161
1935 年 11 月

致沈从文 / 162
1937 年 10 月

致沈从文 / 166
1937 年 11 月 9—10 日

致沈从文 / 170
1937 年 12 月 9 日

致沈从文 / 172
1938 年 春

致梁思庄 / 175
1936 年 夏

致朱光潜 / 177
1937 年 5 月 1 日

致梁再冰 / 178
1937 年 7 月

致傅斯年 / 182
1942 年

致金岳霖 / 184
1943 年 11 月

致张兆和 / 186
1949 年 1 月 30 日

致梁思成 / 189
1953 年 3 月 12 日

致梁思成 / 191
1953 年 3 月 17 日

辑一

如果你是五月，八百里为我吹开
蓝空上霞彩，那样子来了春天，
忘掉腼腆，我定要转过脸来。
把一串疯话全说在你的面前！

爱恋 | 许我循着林岸穷究你的泉源

/ 谁爱这不息的变幻 [1]

谁爱这不息的变幻,她的行径?
催一阵急雨,抹一天云霞,月亮,
星光,日影,在在都是她的花样。
更不容峰峦与江海偷一刻安定。
骄傲的,她奉着那荒唐的使命:
看花放蕊树凋零,娇娃做了娘;
叫河流凝成冰雪,天地变了相;
都市喧哗,再寂成广漠的夜静!
虽说千万年在她掌握中操纵,
她不曾遗忘一丝毫发的卑微。
难怪她笑永恒是人们造的谎,
来抚慰恋爱的消失,死亡的痛。
但谁又能参透这幻化的轮回,
谁又能大胆的爱过这伟大的变幻?

香山,四月十二日 [2]

---

[1] 本诗发表于 1931 年 4 月《诗刊》第 2 期。
[2] 编者按,此为作者自署的写作时间,下同。

那一晚 [1]

那一晚我的船推出了河心,
澄蓝的天上托着密密的星。
那一晚你的手牵着我的手,
迷惘的星夜封锁起重愁。
那一晚你和我分定了方向,
两人各认取个生活的模样。

到如今我的船仍然在海面漂,
细弱的桅杆常在风涛里摇。
到如今太阳只在我背后徘徊,
层层的阴影留守在我周围。

---

[1] 本诗发表于1931年4月《诗刊》第2期。编者按,作者此时27岁,本诗是她为了追忆10年前在英国伦敦经济学院与徐志摩的初次相遇而作。此诗发表不久,徐志摩就写出了《你去》一诗作为应答。

到如今我还记着那一晚的天，
星光、眼泪、白茫茫的江边！
到如今我还想念你岸上的耕种：
红花儿黄花儿朵朵的生动。

那一天我希望要走到了顶层，
蜜一般酿出那记忆的滋润。
那一天我要挎上带羽翼的箭，
望着你花园里射一个满弦。
那一天你要听到鸟般的歌唱，
那便是我静候着你的赞赏。
那一天你要看到零乱的花影，
那便是我私闯入当年的边境！

仍然[1]

你舒伸得像一湖水向着晴空里
白云,又像是一流冷涧,澄清
许我循着林岸穷究你的泉源:
我却仍然怀抱着百般的疑心
对你的每一个映影!

你展开像个千瓣的花朵!
鲜妍是你的每一瓣,更有芳沁,
那温存袭人的花气,伴着晚凉:
我说花儿,这正是春的捉弄人,
来偷取人们的痴情!

---

[1] 本诗发表于1931年4月《诗刊》第2期。编者按,本诗是作者对徐志摩《偶然》一诗的应答之作。

你又学叶叶的书篇随风吹展,
揭示你的每一个深思;每一角心境,
你的眼睛望着我,不断的在说话:
我却仍然没有回答,一片的沉静
永远守住我的魂灵。

情愿[1]

我情愿化成一片落叶，
让风吹雨打到处飘零；
或流云一朵，在澄蓝天，
和大地再没有些牵连。

但抱紧那伤心的标志，
去触遇没着落的怅惘；
在黄昏，夜班，蹑着脚走，
全是空虚，再莫有温柔；

---

[1] 本诗发表于1931年9月《新月诗选》。编者按，本诗是作者对苦苦追求自己的徐志摩的婉拒之作。

忘掉曾有这世界,有你;
哀悼谁又曾有过爱恋;
落花似的落尽,忘了去
这些个泪点里的情绪。

到那天一切都不存留,
比一闪光、一息风更少
痕迹,你也要忘掉了我
曾经在这世界里活过。

/ 深夜里听到乐声 [1]

这一定又是你的手指,
轻弹着,
在这深夜,稠密的悲思。

我不禁颊边泛上了红,
静听着,
这深夜里弦子的生动。

一声听从我心底穿过,
忒凄凉
我懂得,但我怎能应和?

---

[1] 本诗发表于1931年9月《新月诗选》。编者按,本诗是作者对徐志摩《月夜听琴》一诗的应答之作。

生命早描定她的式样,
太薄弱
是人们的美丽的想象。

除非在梦里有这么一天,
你和我
同来攀动那根希望的弦。

/秋天,这秋天 [1]

这是秋天,秋天,
风还该是温软;
太阳仍笑着那微笑,
闪着金银,夸耀
他实在无多了的
最奢侈的早晚!
这里那里,在这秋天,
斑彩错置到各处
山野,和枝叶中间,
像醉了的蝴蝶,或是
珊瑚珠翠,华贵的失散,
缤纷降落到地面上。

---

[1] 本诗发表于1933年11月18日《大公报·文艺副刊》第17期。编者按,本诗是作者为纪念徐志摩飞机失事罹难两周年而作。

这时候心得象歌曲,
由山泉的水光里闪动,
浮出珠沫,溅开
山石的喉嗓唱。
这时候满腔的热情
全是你的,秋天懂得,
秋天懂得那狂放,——
秋天爱的是那不经意
不经意的零乱!

但是秋天,这秋天,
他撑着梦一般的喜筵,
不为的是你的欢欣:
他撒开手,一掬璎珞,
一把落花似的幻变,
还为的是那不定的
悲哀,归根儿蒂结住
在这人生的中心!
一阵萧萧的风,起自
昨夜西窗的外沿,
摇着梧桐树哭。——
起始你怀疑着:
荷叶还没有残败;

小划子停在水流中间;
夏夜的细语,夹着虫鸣,
还信得过仍然偎着
耳朵旁温甜;
但是梧桐叶带来桂花香,
已打到灯盏的光前。
一切都两样了,他闪一闪说,
只要一夜的风,一夜的幻变。

冷雾迷住我的两眼,
在这样的深秋里,
你又同谁争?现实的背面
是不是现实,荒诞的,
果属不可信的虚妄?
疑问抵不住简单的残酷,
再别要悯惜流血的哀惶,
趁一次里,要认清
造物更是摧毁的工匠。
信仰只一细炷香,
那点子亮再经不起西风
沙沙的隔着梧桐树吹!
如果你忘不掉,忘不掉
那同听过的鸟啼;

同看过的花好,信仰
该在过往的中间安睡。……
秋天的骄傲是果实,
不是萌芽,——生命不容你
不献出你积累的馨芳;
交出受过光热的每一层颜色;
点点沥尽你最难堪的酸怆。
这时候,
切不用哭泣;或是呼唤;
更用不着闭上眼祈祷;
(向着将来的将来空等盼);
只要低低的,在静里,低下去
已困倦的头来承受,——承受
这叶落了的秋天
听风扯紧了弦索自歌挽:
这夜,这夜,这惨的变换!

二十二年[1]十一月中旬

---

[1] 此处为民国纪年,二十二年,即1933年。

/ 你是人间的四月天 [1]
——一句爱的赞颂

我说你是人间的四月天；
笑响点亮了四面风；轻灵
在春的光艳中交舞着变。

你是四月早天里的云烟，
黄昏吹着风的软，星子在
无意中闪，细雨点洒在花前。

那轻，那娉婷，你是，鲜妍
百花的冠冕你戴着，你是
天真，庄严，你是夜夜的月圆。

---

[1] 本诗发表于 1934 年 5 月《学文》第 1 卷第 1 期。编者按，本诗是作者为儿子梁从诫的出生而作。

雪化后那片鹅黄,你像;新鲜
初放芽的绿,你是;柔嫩喜悦
水光浮动着你梦中期待的白莲。

你是一树一树的花开,是燕
在梁间呢喃,——你是爱,是暖
是希望[1],你是人间的四月天!

---

[1] 作者后来将"是希望"改为"是诗的一篇"。——梁从诫注。

/ 忆 [1]

新年等在窗外,一缕香,
枝头刚放出一半朵红。
心在转,你曾说过的
几句话,白鸽似的盘旋。

我不曾忘,也不能忘
那天的天澄清的透蓝,
太阳带点暖,斜照在
每棵树梢头,像凤凰。

---

[1] 本诗发表于1934年6月《学文》第1卷第2期。编者按,本诗是作者对徐志摩的追忆。

是你在笑，仰脸望，
多少勇敢话那天，你我
全说了，——像张风筝
向蓝穹，凭一线力量。

二十二年[1]年岁终

---

[1]　此处为民国纪年，二十二年，即1933年。

深笑 [1]

是谁笑得那样甜,那样深,
那样圆转?一串一串明珠
大小闪着光亮,迸出天真!
清泉底浮动,泛流到水面上,
灿烂,
分散!

是谁笑得好花儿开了一朵?
那样轻盈,不惊起谁。
细香无意中,随着风过,
拂在短墙,丝丝在斜阳前
挂着
留恋。

---

[1] 本诗发表于1936年1月5日《大公报·文艺副刊》第27期。编者按,有观点指出,本诗突显了徐志摩"纯真"的性格特征,需辩证看待。

是谁笑成这百层塔高耸,
让不知名鸟雀来盘旋?是谁
笑成这万千个风铃的转动,
从每一层琉璃的檐边
摇上
云天?

/别丢掉[1]

别丢掉

这一把过往的热情,

现在流水似的,

轻轻

在幽冷的山泉底,

在黑夜,在松林,

叹息似的渺茫,

你仍要保持着那真!

一样是明月,

一样是隔山灯火,

---

[1] 本诗发表于1936年3月15日《大公报·文艺副刊》第110期。编者按,本诗是作者在徐志摩逝世后写的第一首诗,是对徐志摩的追忆。

满天的星,
只使人不见,
梦似的挂起,
你问黑夜要回
那一句话——你仍得相信
山谷中留着
有那回音[1]!

二十一年[2]夏

---

[1] 有观点指出,"回音"在此正是"徽因"的谐音,需辩证看待。
[2] 此处为民国纪年,二十一年,即1932年。

/ 你来了 [1]

你来了,画里楼阁立在山边,
交响曲,由风到风,草青到天!
阳光投多少个方向,谁管?你,我
如同画里人掉回头,便就不见!

你来了,花开到深深的深红,
绿萍遮住池塘上一层晓梦,
鸟唱着,树梢交织着枝柯,白云
却是我们,悠忽翻过几重天空! [2]

---

[1] 本诗最初与《空想》《"九·一八"闲走》《藤花前——独过静心斋》《旅途中》一起以《空想(外四章)》的标题发表于1936年12月《新诗》第3期。
[2] 末二行根据作者修改后手稿排印。1936年此诗首次发表时末二行和此处不同。

/ 红叶里的信念 [1]

年年不是要看西山的红叶,
谁敢看西山红叶?不是
要听异样的鸟鸣,停在
那一个静幽的树枝头,
是脚步不能自已的走——
走,迈向理想的山坳子
寻觅从未曾寻着的梦:
一茎梦里的花,一种香,
斜阳四处挂着,风吹动,
转过白云,小小一角高楼。

---

[1] 本诗发表于 1937 年 1 月《新诗》第 4 期。编者按,本诗是作者对徐志摩的追忆。

钟声已在脚下，松同松
并立着等候，山野已然
百般渲染豪侈的深秋。
梦在哪里，你的一缕笑，
一句话，在云浪中寻遍，
不知落到哪一处？流水已经
渐渐的清寒，载着落叶
穿过空的石桥，白栏杆，
叫人不忍再看，红叶去年
同踏过的脚迹火一般。

好，抬头，这是高处，心卷起
随着那白云浮过苍茫，
别计算在哪里驻脚，去，
相信千里外还有霞光，
像希望，记得那烟霞颜色，
就不为编织美丽的明天，
为此刻空的歌唱，空的
凄恻，空的缠绵，
也该放
多一点勇敢，不怕连牵
斑驳金银般旧积的创伤！

再看红叶每年，山重复的
流血，山林，石头的心胸
从不倚借梦支撑，夜夜
风像利刃削过大土壤，
天亮时沉默焦灼的唇，
忍耐的仍向天蓝，呼唤
瓜果风霜中完成，呈光彩，
自己山头流血，变坟台！
平静，我的脚步，慢点儿去，
别相信谁曾安排下梦来！

一路上枯枝，鸟不曾唱，
小野草香风早不是春天。
停下！停下！风同云，水同
水藻全叫住我，说梦在
背后；蝴蝶秋千理想的
山坳同这当前现实的
石头子路还缺个牵连！
愈是山中奇妍的黄月光
挂出树尖，愈得相信梦，
梦里斜晖一茎花是谎！

但心不信！空虚的骄傲
秋风中旋转，心仍叫喊
理想的爱和美，同白云
角逐；同斜阳笑吻；同树，
同花，同香，乃至同秋虫
石隙中悲鸣，要携手去；
同奔跃嬉游水面的青蛙，
盲目的再去寻盲目日子，——
要现实的热情另涂图画，
要把满山红叶采作花！

这萧萧瑟瑟不断的呜咽，
掠过耳鬓也还卷着温存，
影子在秋光中摇曳，心再
不信光影外有串疑问！
心仍不信，只因是午后，
那片竹林子阳光穿过
照暖了石头，赤红小山坡，
影子长长两条，你同我
曾经参差那亭子石路前，
浅碧波光老树干旁边！

生命中的谎再不能比这把
颜色更鲜艳！记得那一片
黄金天，珊瑚般玲珑叶子
秋风里挂，即使自己感觉
内心流血，又怎样个说话？
谁能问这美丽的后面
是什么？赌博时，眼闪亮，
从不悔那猛上孤注的力量；
都说任何苦痛去换任何一分，
一毫，一个纤微的理想！

所以脚步此刻仍在迈进，
不能自已，不能停！虽然山中
一万种颜色，一万次的变，
各种寂寞已环抱着孤影：
热的减成微温，温的又冷，
焦黄叶压踏在脚下碎裂，
残酷地散排昨天的细屑，
心却仍不问脚步为甚固执，
那寻不着的梦中路线，——
仍依恋指不出方向的一边！

西山,我发誓地,指着西山,
别忘记,今天你,我,红叶,
连成这一片血色的伤怆!
知道我的日子仅是匆促的
几天,如果明年你同红叶
再红成火焰,我却不见,……
深紫,你山头须要多添
一缕抑郁热情的象征,
记下我曾为这山中红叶,
今天流血地存一堆信念!

/ 给秋天 [1]

正与生命里一切相同，
我们爱得太是匆匆；
好像只是昨天，
你还在我的窗前！

笑脸向着晴空
你的林叶笑声里染红
你把黄光当金子般散开
稚气，豪侈，你没有悲哀。

你的红叶是亲切的牵绊，那零乱
每早必来缠住我的晨光。
我也吻你，不顾你的背影隔过玻璃！
你常淘气的闪过，却不对我忸怩。

---

[1] 本诗最初与《人生》《展缓》一起以《诗（三首）》的标题发表于1947年5月4日《大公报·文艺副刊》。编者按，本诗是作者对徐志摩的追忆。

可是我爱的多么疯狂,
竟未觉察凄厉的夜晚
已在背后尾随,——
等候着把你残忍的摧毁!

一夜呼号的风声
果然没有把我惊醒
等到太晚的那个早晨
啊。天!你已经不见了踪影。

我苛刻的咒诅自己
但现在有谁走过这里
除却严冬铁样长脸
阴雾中,偶然一见。

/一串疯话[1]

好比这树丁香,几支山红杏
相信我的心里留着一串话
绕着许多叶子,青青的沉静
风露日夜,只盼五月来开开花!

如果你是五月,八百里为我吹开
蓝空上霞彩,那样子来了春天
忘掉腼腆,我定要转过脸来
把一串疯话全说在你的面前!

---

[1] 本诗发表于1948年2月22日《经世日报·文艺周刊》第58期。编者按,本诗是梁思成最喜欢的一首诗,梁思成当年向作者求婚,就用了这首诗起"兴"。

辑二

紫色山头抱住红叶,将自己影射在山前,
人在小石桥上走过,渺小的追一点子想念。
高峰外云在深蓝天里镶白银色的光转,
用不着桥下黄叶,人在泉边,才记起夏天!

自然 | 夜的静,却有夜的耳在听

/ 一首桃花 [1]

桃花,

那一树的嫣红,

像是春说的一句话:

朵朵露凝的娇艳,

是一些

玲珑的字眼,

一瓣瓣的光致,

又是些

柔的匀的吐息;

含着笑,

在有意无意间,

生姿的顾盼。

---

[1] 本诗发表于1931年10月《诗刊》第3期。

看，——
那一颤动在微风里，
她又留下，淡淡的，
在三月的薄唇边，
一瞥，
一瞥多情的痕迹！

二十年[1]五月，香山

---

[1]　此处为民国纪年，二十年，即 1931 年。

/ 中夜钟声 [1]

钟声

敛住又敲散

一街的荒凉

听——

那圆的一颗颗声响

直沉下时间

静寂的

咽喉

像哭泣,

像哀恸,

将这僵黑的

中夜

---

[1] 本诗发表于1933年3月《新月》第4卷第6期。

葬入
那永不见曙星的
空洞——

轻——重,……
——重——轻……
这摇曳的一声声,
又凭谁的主意
把那剩余的忧惶
随着冷风——
纷纷
掷给还不成梦的
人。

山中一个夏夜 [1]

山中有一个夏夜,深得

像没有底一样;

黑影,松林密密的;

周围没有点光亮。

对山闪着只一盏灯——两盏

像夜的眼,夜的眼在看!

满山的风全蹑着脚

像是走路一样;

躲过了各处的枝叶

各处的草,不响。

单是流水,不断的在山谷上

石头的心,石头的口在唱。

---

[1] 本诗发表于1933年6月《新月》第4卷第7期。

虫鸣织成那一片静，寂寞
像垂下的帐幔；
仲夏山林在内中睡着，
幽香在四下里浮散。
黑影枕着黑影，默默的无声，
夜的静，却有夜的耳在听！

一九三一年（据手稿[1]）

---

[1] 诗中的第三节据作者修改后的手稿排印。

雨后天 [1]

我爱这雨后天,
这平原的青草一片!
我的心没底止的跟着风吹,
风吹:
吹远了草香,落叶,
吹远了一缕云,像烟——
像烟。

二十一年 [2] 十月一日

---

[1] 本诗发表于 1936 年 3 月 15 日《大公报·文艺副刊》第 110 期。
[2] 此处为民国纪年,二十一年,即 1932 年。

/ 题剔空菩提叶 [1]

认得这透明体,

智慧的叶子掉在人间?

消沉,慈净——

那一天一闪冷焰,

一叶无声的坠地,

仅证明了智慧寂寞

孤零的终会死在风前!

昨天又昨天,美

还逃不出时间的威严;

相信这里睡眠着最美丽的

骸骨,一丝魂魄月边留念,——

……

菩提树下清荫则是去年!

二十五年[2] 四月二十三日

---

[1] 本诗发表于 1936 年 5 月 17 日《大公报·文艺副刊》第 146 期。
[2] 此处为民国纪年,二十五年,即 1936 年。

黄昏过泰山 [1]

记得那天

心同一条长河,

让黄昏来临,

月一片挂在胸襟。

如同这青黛山,

今天,

心是孤傲的屏障一面;

葱郁,

不忘却晚霞,

苍莽,

却听脚下风起,

来了夜——

---

[1] 本诗发表于1936年7月19日《大公报·文艺副刊》第182期。

/ 八月的忧愁 [1]

黄水塘里游着白鸭,
高粱梗油青的刚高过头,
这跳动的心怎样安插,
田里一窄条路,八月里这忧愁?

天是昨夜雨洗过的,山岗
照着太阳又留一片影;
羊跟着放羊的转进村庄,
一大棵树荫下罩着井,又像是心!

---

[1] 本诗发表于 1936 年 9 月 30 日《大公报·文艺副刊》第 224 期。

从没有人说过八月什么话,
夏天过去了,也不到秋天。
但我望着田垄,土墙上的瓜,
仍不明白生活同梦怎样的连牵。

二十五年[1]夏末

---

[1] 此处为民国纪年,二十五年,即1936年。

山中 [1]

紫色山头抱住红叶,将自己影射在山前,
人在小石桥上走过,渺小的追一点子想念。
高峰外云在深蓝天里镶白银色的光转,
用不着桥下黄叶,人在泉边,才记起夏天!

也不因一个人孤独的走路,路更蜿蜒,
短白墙房舍像画,仍画在山坳另一面,
只这丹红集叶替代人记忆失落的层翠,
深浅团抱这同一个山头,惆怅如薄层烟。

---

[1] 本诗发表于1937年1月29日《大公报·文艺副刊》第292期。

山中斜长条青影，如今红萝乱在四面，
百万落叶火焰在寻觅山石荆草边，
当时黄月下共坐天真的青年人情话，相信
那三两句长短，星子般仍挂秋风里不变。

一九三六年秋

/ 古城春景 [1]

时代把握不住时代自己的烦恼,——
轻率的不满,就不叫它这时代牢骚——
偏又流成愤怨,聚一堆黑色的浓烟
喷出烟囱,那矗立的新观念,在古城楼对面!

怪得这嫩灰色一片,带疑问的春天
要泥黄色风沙,顺着白洋灰街沿,
再低着头去寻觅那已失落了的浪漫
到蓝布棉帘子,万字栏杆,仍上老店铺门槛?

---

[1] 本诗发表于 1937 年 4 月《新诗》第 2 卷第 1 期。

寻去,不必有新奇的新发现,旧有保障
即使古老些,需要翡翠色甘蔗做拐杖
来支撑城墙下小果摊,那红鲜的冰糖葫芦[1]
仍然光耀,串串如同旧珊瑚,还不怕新时代的尘土。

二十六年[2]春,北平

---

[1] 北平称山楂作红果,称插在竹签上糖山楂作"冰糖葫芦"。——作者注。
[2] 此处为民国纪年,二十六年,即1937年。

孤岛[1]

遥望它是充满画意的山峰
远立在河心里高傲的凌耸
可怜它只是不幸的孤岛,——
天然没有埂堤,人工没搭座虹桥。

他问他的映影永为周围水的囚犯;
陆地于它,是达不到的希望!
早晚寂寞它常将小舟挽住!
风雨时节任江雾把自己隐去。

---

[1] 本诗发表于1947年1月4日《益世报·文学周刊》第22期。

晴天它挺着小塔，玲珑独对云心；
盘盘石阶，由钟声松林中，超出安静。
特殊的轮廓它苦心孤诣做成，
漠漠大地又哪里去找一点同情？

昆明即景 [1]

一 茶铺

这是立体的构画,
描在这里许多样脸
在顺城脚的茶铺里
隐隐起喧腾声一片。

各种的姿势,生活
刻画着不同方面:
茶座上全坐满了,笑的,
皱眉的,有的抽着旱烟。

老的,慈祥的面纹,
年轻的,灵活的眼睛,
都暂要时间茶杯上
停住,不再会扰乱心情!

---

[1] 本诗发表于 1948 年 2 月 22 日《经世日报·文艺周刊》第 58 期。

一天一整串辛苦,
此刻才赚回小把安静,
夜晚回家,还有远路,
白天,谁有工夫闲看云影?

不都为着真的口渴,
四面窗开着,喝茶,
跷起膝盖的是疲乏,
赤着臂膀好同乡邻闲话。

也为了放下扁担同肩背
向运命喘息,倚着墙,
每晚靠这一碗茶的生趣
幽默估量生的短长……

这是立体的构画,
设色在小生活旁边,
荫凉南瓜棚下茶铺,
照样热闹的又过了一天!

二 小楼

张大爹临街的矮楼[1],
半藏着,半挺着,立在街头,
瓦覆着它,窗开一条缝,
夕阳染红它,如写下古远的梦。

矮檐上长点草,也结过小瓜,
破石子路在楼前,无人种花,
是老坛子,瓦罐,大小的相伴;
尘垢列出许多风趣的零乱。

但张大爹走过,不吟咏它好;
大爹自己(上年纪了)不相信古老。
他拐着杖常到隔壁沽酒,
宁愿过桥,土堤去看新柳!

---

[1] 在初稿中此句原为:"那上七下八临街的矮楼。"昆明旧式民居典型制式为底楼高八尺,二层高七尺。——梁从诫注。

我们的雄鸡 [1]

我们的雄鸡从没有以为
自己是孔雀
自信他们鸡冠已够他
仰着头漫步——
一个院子他绕上了一遍
仪表风姿
都在群雌的面前!

我们的雄鸡从没有以为
自己是首领
晓色里他只扬起他的呼声
这呼声叫醒了别人
他经济地保留这种叫喊
(保留那规则)
于是便象征了时间!

一九四八年二月十八日 清华

---

[1] 本诗发表时间不详。

桥[1]

他的使命：
南北两岸莽莽两条路的携手；
他的完成，
不挡江月东西，船只上下的交流；
他的肩背，
坚定的让脚步上面经过，找各人的路去；
他的胸怀，
虚空的环洞，不把江心洪流堵住。

他是座桥：
一条大胆的横梁，立脚于茫茫水面；
一堆泥石，
辛苦堆积或造形的完美，在自然上边；

---

[1] 本诗发表于1948年8月2日《益世报·文学周刊》第103期。

一掬理智,

适应无数的神奇,支持立体的纪念;

一次人工,

矫正了造化的疏忽,将隔绝的重新牵连!

他是座桥,

看那平衡两排如同静思的栏杆;

他的力量,

两座桥墩下,多粗壮的石头镶嵌;

他的忍耐,

容每道车辙刻入脚印已磨光的石板,

他的安闲,

岁月增进,让钓翁野草随在身旁。

他的美丽,

如同山月的锁钥,正见出人类匠心;

他的心灵,

浸入寒波,在一钩倒影里续成圆形。

他的存在,

却不为嬉戏的闲情——而为责任;

他的理想,

该寄给人生的行旅者一种虔诚。

古城黄昏[1]

我见到古城在斜阳中凝神;
城楼望着城墙,
忘却中间一片黄金的殿顶;
十条闹街还散在脚下,
虫蚁一样有无数行人。

我见到古城在黄昏中凝神;
乌鸦聒噪的飞旋,
废苑古柏在困倦中支撑。
无数坛庙寂寞与荒凉,
锁起一座一座剥落的殿门。

我听到古城在薄暮中独语;
僧寺消寂,熄了香火,
钟声沉下,市声里失去;
车马不断扬起年代的尘土,
到处风沙叹息着历史。

---

[1] 本诗发表于1948年8月2日《益世报·文学周刊》第103期。

辑三

那么是寂寞了,诗意的悲哀

心这样悠悠;

古今仍是一样,

河水缓缓的流。

孤寂 | 像坐一条寂寞船,自己拉纤

/ 灵感 [1]

是你,是花,是梦,打这儿过,
此刻像风在摇动着我;
告诉日子重叠盘盘的山窝;
清泉潺潺流动转狂放的河;
孤僻林里闲开着鲜妍花,
细香常伴着圆月静天里挂;
且有神仙纷纭的浮出紫烟,
衫裾飘忽映影在山溪前;
给人的理想和理想上
铺香花,叫人心和心合着唱;
直到灵魂舒展成条银河,
长长流在天上一千首歌!

---

[1] 此诗据手稿,作者生前并未发表。

是你,是花,是梦,打这里儿过,
此刻像风,在摇动着我;
告诉日子是这样的不清醒;
当中偏响着想不到的一串铃,
树枝里轻声摇曳;金镶上翠,
低了头的斜阳,又一抹光辉。
难怪阶前人忘掉黄昏,脚下草,
高阁古松,望着天上点骄傲;
留下檀香,木鱼,合掌
在神龛前,在蒲团上,
楼外又楼外,幻想彩霞却缀成
凤凰栏杆,挂起了塔顶上灯!

二十四年[1]十月徽因作于北平

---

[1] 此处为民国纪年,二十四年,即 1935 年。

/ 无题 [1]

什么时候再能有
那一片静;
溶溶在春风中立着,
面对着山,面对着小河流?

什么时候还能那样
满掬着希望;
披拂新绿,耳语似的诗思,
登上城楼,更听那一声钟响?

---

[1] 本诗发表于1936年5月3日《大公报·文艺副刊》第138期。

什么时候,又什么时候,心

才真能懂得

这时间的距离;山河的年岁;

昨天的静,钟声

昨天的人

怎样又在今天里划下一道影!

二十五年[1]春四月

---

[1] 此处为民国纪年,二十五年,即 1936 年。

/ 冥思 [1]

心此刻同沙漠一样平 [2]，
思想像孤独的一个阿拉伯人；
仰脸孤独的向天际望
落日远边奇异的霞光，
安静的，又侧个耳朵听
远处一串骆驼的归铃。

---

[1] 本诗发表于 1936 年 12 月 13 日《大公报·文艺副刊》第 265 期。
[2] 作者后将此句改为"此刻胸前同沙漠一样平"。——梁从诫注。

在这白色的周遭中,
一切像凝冻的雕形不动;
白袍,腰刀,长长的头巾,
浪似的云天,沙漠上风!
偶有一点子振荡闪过天线,
残霞边一颗星子出现。

二十五年[1]夏末

---

[1] 此处为民国纪年,二十五年,即 1936 年。

/ 空想 [1]

终日的企盼企盼正无着落，——
太阳穿窗棂影，种种花样。
暮秋梦远，一首诗似的寂寞，
真怕看光影，花般洒在满墙。

日子悄悄的紧按沉吟的节奏，
尽打动简单曲，像钟摇响。
不是光不流动，花瓣子不点缀时候，
是心漏却忍耐，厌烦了这空想！

---

[1] 本诗最初与《你来了》《"九·一八"闲走》《藤花前——独过静心斋》《旅途中》一起以《空想（外四章）》的标题发表于1936年12月《新诗》第3期。

藤花前
——独过静心斋[1]

紫藤花开了

轻轻的放着香,

没有人知道……

紫藤花开了

轻轻的放着香,

没有人知道。

楼不管,曲廊不做声,

蓝天里白云行去,

池子一脉静;

水面散着浮萍,

水底下挂着倒影。

---

[1] 本诗最初与《空想》《你来了》《"九·一八"闲走》《旅途中》一起以《空想(外四章)》的标题发表于1936年12月《新诗》第3期。

紫藤花开了
没有人知道!
蓝天里白云行去,
小院,
无意中我走到花前。
轻香,风吹过
花心,
风吹过我,——
望着无语,紫色点。

/旅途中 [1]

我卷起一个包袱走,
过一个山坡子松,
又走过一个小庙门。
在早晨最早的一阵风中,
我心里没有埋怨,人或是神;
天底下的烦恼,连我的
拢总,
像已交给谁去,……

---

[1] 本诗最初与《空想》《你来了》《"九·一八"闲走》《藤花前——独过静心斋》一起以《空想(外四章)》的标题发表于1936年12月《新诗》第3期。

前面天空,
山中水那样清,
山前桥那么白净,——
我不知道造物者认不认得
自己图画;
乡下人的笠帽,草鞋,
乡下人的性情。

　　　　暑中在山东乡间步行,二十五年[1]夏

---

[1] 此处为民国纪年,二十五年,即1936年。

静坐 [1]

冬有冬的来意,
寒冷像花,——
花有花香,冬有回忆一把。
一条枯枝影,青烟色的细瘦,
在午后的窗前拖过一笔画;
寒里日光淡了,渐斜……
就是那样地
像待客人说话
我在静沉中默啜着茶。

二十五年[2] 冬十一月

---

[1] 本诗发表于 1937 年 1 月 31 日《大公报·文艺副刊》第 293 期。
[2] 此处为民国纪年,二十五年,即 1936 年。

/ 十月独行 [1]

像个灵魂失落在街边,
我望着十月天上十月的脸,
我向雾里黑影上涂热情
悄悄的看一团流动的月圆。

我也看人流着流着过去来回
黑影中冲着波浪翻星点
我数桥上栏杆龙样头尾
像坐一条寂寞船,自己拉纤。

我像哭,像自语,我更自己抱歉!
自己焦心,同情,一把心紧似琴弦,——
我说哑的,哑的琴我知道,一出曲子
未唱,幻望的手指终未来在上面?

---

[1] 本诗发表于1937年3月7日《大公报·文艺副刊》第307期。

时间 [1]

人间的季节永远不断在转变
春时你留下多处残红,翩然辞别,
本不想回来时同谁叹息秋天!

现在连秋云黄叶又已失落去
辽远里,剩下灰色的长空一片
透彻的寂寞,你忍听冷风独语?

---

[1] 本诗发表于 1937 年 3 月 14 日《大公报·文艺副刊》第 310 期。

前后 [1]

河上不沉默的船
载着人过去了;
桥——三环洞的桥基,
上面再添了足迹;
早晨,
早又到了黄昏,
这赓续
绵长的路……

不能问谁
想望的终点,——
没有终点
这前面。
背后,
历史是片累赘!

---

[1] 本诗发表于1937年5月16日《大公报·文艺副刊》第336期。

春天田里漫步

春天田里,慢慢的,有花开,
有人说是忧愁,——
有人说不是:人生仅有
无谓的空追求!
那么是寂寞了,诗意的悲哀
心这样悠悠;
  古今仍是一样,
  河水缓缓的流。

青青草原,新绿追到眼前,
有人说是春风,——
有人说不是:季候正逢
情感的天空,
或许是自己呢,怀念远边,
心这样吹动?
　　古今永远不变,
　　春日迟迟中红。

　　　　　　　一九四〇 四川李庄上题初病后

死是安慰 [1]

个个连环,永打不开,
生是个结,又是个结!
　　死的实在
　　　　一朵云彩。

一根绳索,永远牵住,
生是张风筝,难得飘远,
　　死是江雾,
　　　　迷茫飞去!

---

[1] 本诗发表于 1947 年 1 月《益世报》文学周刊第 22 期。

长条旅程,永在中途,
生是脚步,泥般沉重——
　　死是尽处,
　　　　不再辛苦。

一曲溪涧,日夜流水,
生是种奔逝,永在离别!
　　死只一回,
　　　　它是安慰。

六点钟在下午 [1]

用什么来点缀

六点钟在下午?

六点钟在下午

点缀在你生命中,

仅有仿佛的灯光,

褪败的夕阳,窗外

一张落叶在旋转!

用什么来陪伴

六点钟在下午?

六点钟在下午

陪伴着你在暮色里闲坐,

等光走了,影子变换,

一支烟,为小雨点

继续着,无所盼望!

---

[1] 本诗发表于1948年2月22日《经世日报·文艺周刊》第58期。

一天[1]

今天十二个钟头,
是我十二个客人,
每一个来了,又走了,
最后夕阳拖着影子也走了!
我没有时间盘问我自己胸怀,
黄昏却蹑着脚,好奇地偷着进来!
我说,朋友,这次我可不对你诉说啊,
每次说了,伤我一点骄傲。
黄昏黯然,无言地走开,
孤单的,沉默的,我投入夜的怀抱。

三十一年[2]春,李庄

---

[1] 本诗最初与《小诗(一)》《小诗(二)》《恶劣的心绪》《写给我的大姊》《对残枝》《对北门街园子》《十一月的小村》《忧郁》一起以《病中杂诗(九首)》为总标题发表于 1948 年 5 月《文学杂志》第 2 卷第 12 期。

[2] 此处为民国纪年,三十一年,即 1942 年。

十一月的小村 [1]

我想象我在轻轻的独语:
十一月的小村外是怎样个去处?
是这渺茫江边淡泊的天,
是这映红了的叶子疏疏隔着雾;
是乡愁,是这许多说不出的寂寞;
还是这条独自转折来去的山路?
是村子迷惘了,绕出一丝丝青烟;
是那白沙一片篁竹围着的茅屋?
是枯柴爆裂着灶火的声响,
是童子缩颈落叶林中的歌唱?
是老农随着耕牛,远远过去,
还是那坡边零落在吃草的牛羊?

---

[1] 本诗最初与《小诗(一)》《小诗(二)》《恶劣的心绪》《写给我的大姊》《一天》《对残枝》《对北门街园子》《忧郁》一起以《病中杂诗(九首)》为总标题发表于1948年5月《文学杂志》第2卷第12期。

是什么做成这十一月的心,
十一月的灵魂又是谁的病?
山坳子叫我立住的仅是一面黄土墙;
下午透过云霾那点子太阳!
一棵野藤绊住一角老墙头,斜睨
两根青石架起的大门,倒在路旁
无论我坐着,我又走开,
我都一样心跳;我的心前
虽然烦乱,总象绕着许多云彩,
但寂寂一湾水田,这几处荒坟,
它们永说不清谁是这一切主宰
我折一根柱枝,看下午最长的日影
要等待十一月的回答微风中吹来。

三十三年[1]初冬,李庄

---

[1] 此处为民国纪年,三十三年,即 1944 年。

/诗
——自然的赠与

花刺是花的幽默,
颜色,她的不谨慎。
花香是她留给你的友谊;
她残了,委曲里没有恨。

星光赠你的是冷!
夜深时你会□□ [1]
满天闪烁整宇宙□□
它们愿意照入你的心灵。

湖山微风是同你微笑,
□□怀疑情绪的激动。

---

[1] 方框为残缺或无法考证的字词。

□□,水藻,蜻蜓,和一切闲情,
□爱水□倒映认真的晴空。

红叶树林是秋天的火焰,
终要烧成焦躁同凋零,
让它铺着山径为你的散步,
盼你踏着忧愁和草木同情。

自然这样默默的赠与;
种种的暗示都是安慰。
美丽对你永远慷慨,
你的情绪要从□上面映回。

辑四

记忆的梗上,谁不有
两三朵娉婷,披着情绪的花
无名的展开
野荷的香馥,
每一瓣静处的月明。

记忆 | 钟敲过后,时间在悬空里暂挂

年关[1]

哪里来,又向哪里去?
这不断,不断的行人,
奔波杂遝的,这车马?
红的灯光,绿的紫的,
织成了这可怕,还是
可爱的夜?高的楼影,
渺茫天上,都象征些
什么现象?这聒噪中,
为什么又凝着这沉静;
这热闹里,会是凄凉?

---

[1] 本诗发表于 1934 年 2 月 21 日《大公报·文艺副刊》第 43 期。

这是年关，年关，有人
由街头走着，估计着，
孤零的影子斜映着。
一年，又是一年辛苦，
一盘子算珠的艰和难。
日中你敛住气，夜里，
你喘，
一条街，一条街，
跟着太阳灯光往返；——
人和人，好比水在流
人是水，两旁楼是山！

一年，一年，
连年里，这穿过城市胸脯的辛苦，成千万，
成千万人流的血汗，
才会造成了像今夜
这神奇可怕的灿烂！
看，街心里横一道影
灯盏上开着血印的花
夜在凉雾和尘沙中
进展，展进，许多口里
在喘着年关，年关……

二十三年[1]废历除夕

---

[1] 此处为民国纪年，二十三年，即1934年。

吊玮德 [1]

玮德,是不是那样,
你觉到乏了,有点儿
不耐烦,
并不为别的缘故
你就走了,
向着哪一条路?
玮德你真是聪明;
早早的让花开过了
那顶鲜妍的几朵,
就选个这样春天的清晨,

---

[1] 本诗发表于 1935 年 6 月《文艺月刊》第 7 卷第 6 期。玮德,即方玮德,是作者的好友,也是新月派后期具有影响力的青年诗人。1935 年,作者于浙南考察时,方玮德患肺病在北平医院病逝,终年 27 岁。

挥一挥袖
对着晓天的烟霞
走去,轻轻地,轻轻地
背向着我们。
春风似的不再停住!

春风似的吹过,
你却留下
永远的那么一颗
少年人的信心;
少年的微笑
和悦的
洒落在别人的新枝上。
我们骄傲
你这骄傲
但你,玮德,独不惆怅
我们这一片
懦弱的悲伤?

黯淡是这人间
美丽不常走来
你知道。
歌声如果有,也只在

几个唇边旋转!
一层一层尘埃,
凄怆是各样的安排,
即使狂飙不起,狂飙不起,
这远近苍茫,
雾里狼烟,
谁还看见花开!

你走了,
你也走了,
尽走了,再带着去
那些儿馨芳,
那些歌嘹亮,
明天再明天,此后
寂寞的平凡中
都让谁来支持?
一星星理想,难道
从此都空挂到天上?

玮德你真是个诗人
你是这般年轻,好像
天方放晓,钟刚敲响……
你却说倦了,有点儿

不耐烦， 忍心
一条虹桥由中间折断，
情愿听杜鹃啼唱，
相信有明月长照，
寒光水底能依稀映成
那一半连环
憧憬中
你诗人的希望！

玮德是不是那样
你觉得乏了，人间的怅惘
你不管；莲叶上笑着展开
浮烟似的诗人的脚步。
你只相信天外那一条路？

二十四年[1]五月十日，北平

---

[1] 此处为民国纪年，二十四年，即1935年。

/ 城楼上 [1]

你说什么?
鸭子,太阳,
城墙下那护城河?
——我?
我在想,
——不是不在听——
想怎样
从前,……
——
对了,
也是秋天!

---

[1] 本诗发表于 1935 年 11 月 8 日《大公报·文艺副刊》第 39 期。

你也曾去过,
你?那小树林?
还记得么:
山窝,红叶像火?
映影
湖心里倒浸,
那静?
天!……
(今天的多蓝,你看!)
白云,
像一缕烟。

谁又啰嗦?

你爱这里城墙,

古墓,长歌,

蔓草里开野花朵。

好,我不再讲

从前的,单想

我们在古城楼上

今天,——

白鸽,

(你准知道是白鸽?)

飞过面前。

二十四年[1]十月

---

[1] 此处为民国纪年,二十四年,即 1935 年。

记忆 [1]

断续的曲子,最美或最温柔的
夜,带着一天的星。
记忆的梗上,谁不有
两三朵娉婷,披着情绪的花
无名的展开
野荷的香馥,
每一瓣静处的月明。
湖 [2] 上风吹过,额发乱了,或是
水面皱起像鱼鳞的锦。

---

[1] 本诗发表于1936年3月22日《大公报·文艺副刊》第114期。
[2] 此处"湖"应指英国剑桥大学的拜伦潭,因当年拜伦常到此地游玩而得名。

四面里的辽阔,如同梦
荡漾着中心彷徨的过往
不着痕迹,谁都
认识那图画,
沉在水底记忆的倒影!

二十五年^[1]二月

---

[1] 此处为民国纪年,二十五年,即1936年。

静院 [1]

你说这院子深深的——
美从不是现成的。
这一掬静,
到了夜,你算,
就需要多少铺张?
月圆了残,叫卖声远了,
隔过老杨柳,一道墙,又转,
初一? 凑巧谁又在烧香,……
离离落落的满院子,
不定是神仙走过,
仅是迷惘,像梦,……
窗槛外或者是暗的,
或透那么一点灯火。

[1] 本诗发表于 1936 年 4 月 12 日《大公报·文艺副刊》第 122 期。

这掬静,院子深深的
——有人也叫它做情绪——
情绪,好,你指点看
有不有轻风,轻得那样
没有声响,吹着凉?
黑的屋脊,自己的,人家的,
兽似的背耸着,又像
寂寞在嘶声的喊!
石阶,尽管沉默,你数,
多少层下去,下去,
是不是还得栏杆,斜斜的
双树的影去支撑?

对了,角落里边
还得有人低着头脸。
会忘记又会记起,——会想,
——那不论——或者是
船去了,一片水,或是
小曲子唱得嘹亮;
或是枝头粉黄一朵,
记不得谁了,又向谁认错!
又是多少年前,——夏夜。
有人说:

"今夜,天,……"(也许是秋夜)
又穿过藤萝,
指着一边,小声的,"你看,
星子真多!"
草上人描着影子;
那样点头,走,
又有人笑,……

静,真的,你可以相信
这平铺的一片——
不单是月光,星河,
雪和萤虫也远——
夜,情绪,进展的音乐,
如果慢弹的手指
能轻似蝉翼,
你拆来开看,纷纭,
那玄微的细网
怎样深沉的拢住天地,
又怎样交织成
这细致飘渺的彷徨!

二十五年[1]一月

---

[1] 此处为民国纪年,二十五年,即1936年。

/ 昼梦 [1]

昼梦

垂着纱,

无从追寻那开始的情绪

还未曾开花;

柔韧得像一根

乳白色的茎,缠住

纱帐下;银光

有时映亮,去了又来;

盘盘丝络

一半失落在梦外。

---

[1] 本诗发表于 1936 年 8 月 30 日《大公报·文艺副刊》第 206 期。

花竟开了,开了;
零落的攒集,
从容的舒展,
一朵,那千百瓣!
抖擞那不可言喻的
刹那情绪,
庄严峰顶——
天上一颗星……
晕紫,深赤,
天空外旷碧,
是颜色同颜色浮溢,腾飞……
深沉,
又凝定——
悄然香馥,
袅娜一片静。

昼梦

垂着纱,

无从追踪的情绪

开了花;

四下里香深,

低覆着禅寂,

间或游丝似的摇移,

悠忽一重影;

悲哀或不悲哀

全是无名,

一闪娉婷。

二十五年[1]暑中,北平

---

[1] 此处为民国纪年,二十五年,即1936年。

/ "九·一八"闲走[1]

天上今早盖着两层灰,
地上一堆黄叶在徘徊,
惘惘的是我跟着凉风转,
荒街小巷,蛇鼠般追随!

我问秋天,秋天似也疑问我:
在这尘沙中又挣扎些什么,
黄雾扼住天的喉咙,
处处仅剩情绪的残破?

---

[1] 本诗最初与《空想》《你来了》《藤花前——独过静心斋》《旅途中》一起以《空想(外四章)》的标题发表于1936年12月《新诗》第3期。

但我不信热血不仍在沸腾；
思想不仍铺在街上多少层；
甘心让来往车马狠命的轧压，
待从地面开花，另来一种完整。

/ 去春[1]

不过是去年的春天,花香,
红白的相间着一条小曲径,
在今天这苍白的下午,再一次登山
回头看,小山前一片松风
就吹成长长的距离,在自己身旁。

人去时,孔雀绿的园门,白丁香花,
相伴着动人的细致,在此时,
又一次湖水将解的季候,已全变了画。
时间里悬挂,迎面阳光不来,
就是来了也是斜抹一行沉寂记忆,树下。

---
[1] 本诗发表于1937年7月《文学杂志》第1卷第4期。

/除夕看花 [1]

新从嘈杂着异乡口调的花市上买来,
碧桃雪白的长枝,同血红般山茶花。
着自己小角隅再用精致鲜妍来结采,
不为着锐的伤感,仅是钝的还有剩余下!

明知道房里的静定,像弄错了季节,
气氛中故乡失得更远些,时间倒着悬挂;
过年也不像过年,看出灯笼在燃烧着点点血,
帘垂花下已记不起旧时热情,旧日的话。

---

[1] 本诗发表于 1939 年 6 月 28 日香港《大公报·文艺副刊》。

如果心头再旋转着熟识旧时的芳菲，
模糊如条小径越过无数道篱笆，
纷纭的花叶枝条，草香弄得人昏迷，
今日的脚步，再不甘重踏上前时的泥沙。

月色已冻住，指着各处山头，河水更零乱，
关心的是马蹄平原上辛苦，无响在刻画，
除夕的花已不是花，仅一句言语梗在这里，
抖战着千万的忧患，每个心头上牵挂。

小诗(一)[1]

感谢生命的讽刺嘲弄着我,
会唱的喉咙哑成了无言的歌。
一片轻纱似的情绪,本是空灵,
现时上面全打着拙笨补丁。

肩头上先是挑起两担云彩,
带着光辉要在从容天空里安排;
如今黑压压沉下现实的真相,
灵魂同饥饿的脊梁将一起压断!

---

[1] 本诗最初与《小诗(二)》《恶劣的心绪》《写给我的大姊》《一天》《对残枝》《对北门街园子》《十一月的小村》《忧郁》一起以《病中杂诗(九首)》为总标题发表于1948年5月《文学杂志》第2卷第12期。又,《小诗》(一)1947年写于北平。——梁从诫注。

我不敢问生命现在人该当如何
喘气！经验已如旧鞋底的穿破，
这纷歧道路上，石子和泥土模糊，
还是赤脚方便，去认取新的辛苦。

恶劣的心绪[1]

我病中,这样缠住忧虑和烦扰,
好像西北冷风,从沙漠荒原吹起,
逐步吹入黄昏街头巷尾的垃圾堆;
在霉腐的琐屑里寻讨安慰,
自己在万物消耗以后的残骸中惊骇,
又一点一点给别人扬起可怕的尘埃!

吹散记忆正如陈旧的报纸飘在各处彷徨,
破碎支离的记录只颠倒提示过去的骚乱。
多余的理性还像一只饥饿的野狗
那样追着空罐同肉骨,自己寂寞的追着
咬嚼人类的感伤;生活是什么都还说不上来,
摆在眼前的已是这许多渣滓!

---

[1] 本诗最初与《小诗(一)》《小诗(二)》《写给我的大姊》《一天》《对残枝》《对北门街园子》《十一月的小村》《忧郁》一起以《病中杂诗(九首)》为总标题发表于1948年5月《文学杂志》第2卷第12期。

我希望：风停了；今晚情绪能像一场小雪，
沉默的白色轻轻降落地上；
雪花每片对自己和他人都带一星耐性的仁慈，
一层一层把恶劣残破和痛苦的一起掩藏；
在美丽明早的晨光下，焦心暂不必再有，——
绝望要来时，索性是雪后残酷的寒流！

三十六年[1]十二月病中动手术前

---

[1] 此处为民国纪年，三十六年，即1947年。

写给我的大姊 [1]

当我去了,还有没说完的话,
好像客人去后杯里留下的茶;
说的时候,同喝的机会,都已错过,
主客黯然,可不必再去惋惜它。
如果有点感伤,你把脸掉向窗外,
落日将尽时,西天上,总还留有晚霞。
一切小小的留恋算不得罪过,
将尽未尽的衷曲也是常情。
你原谅我有一堆心绪上的闪躲,
黄昏时承认的,否认等不到天明;

---

[1] 本诗最初与《小诗(一)》《小诗(二)》《恶劣的心绪》《一天》《对残枝》《对北门街园子》《十一月的小村》《忧郁》一起以《病中杂诗(九首)》为总标题发表于1948年5月《文学杂志》第2卷第12期。又,《写给我的大姊》1947年写于北平。——梁从诫注

有些话自己也还不曾说透,
他人的了解是来自直觉的会心。
当我去了,还有没说完的话,
像钟敲过后,时间在悬空里暂挂,
你有理由等待更美好的继续;
对忽然的终止,你有理由惧怕。
但原谅吧,我的话语永远不能完全,
亘古到今情感的矛盾做成了嘶哑。

/ 忧郁[1]

忧郁自然不是你的朋友；
但也不是你的敌人，你对他不能冤屈！
他是你强硬的债主，你呢？是
把自己灵魂给他的赌徒。

你曾那样拿理想赌博，不幸
你输了；放下精神最后保留的田产，
最有价值的衣裳，然后一切你都
赔上，连自己的情绪和信仰，那不是自然？

---

[1] 本诗最初与《小诗（一）》《小诗（二）》《恶劣的心绪》《写给我的大姊》《一天》《对残枝》《对北门街园子》《十一月的小村》一起以《病中杂诗（九首）》为总标题发表于 1948 年 5 月《文学杂志》第 2 卷第 12 期。

你的债权人他是,那么,别净问他脸貌
到底怎样!呀天,你如果一定要看清
今晚这里有盏小灯,灯下你无妨同他
面对面,你是这样的绝望,他是这样无情!

哭三弟恒[1]
——三十年[2]空战阵亡

弟弟,我没有适合时代的语言
来哀悼你的死;
它是时代向你的要求,
简单的,你给了。
这冷酷简单的壮烈是时代的诗
这沉默的光荣是你。

假使在这不可免的真实上
多给了悲哀,我想呼喊,
那是——你自己也明了——
因为你走得太早,
太早了,弟弟,难为你的勇敢,
机械的落伍,你的机会太惨!

---

[1] 本诗发表于1948年5月《文学杂志》第2卷第12期。
[2] "三十年"指民国三十年。——梁从诫注。

三年了，你阵亡在成都上空，
这三年的时间所做成的不同，
如果我向你说来，你别悲伤，
因为多半不是我们老国，
而是他人在时代中碾动，
我们灵魂流血，炸成了窟窿。

我们已有了盟友、物资同军火，
正是你所曾经希望过。
我记得，记得当时我怎样同你
讨论又讨论，点算又点算，
每一天你是那样耐性的等着，
每天却空的过去，慢得像骆驼！

现在驱逐机已非当日你最理想
驾驶的"老鹰式七五"那样——
那样笨，那样慢，啊，弟弟不要伤心，
你已做到你们所能做的，
别说是谁误了你，是时代无法衡量，
中国还要上前，黑夜在等天亮。

弟弟,我已用这许多不美丽言语
算是诗来追悼你,
要相信我的心多苦,喉咙多哑,
你永不会回来了,我知道,
青年的热血做了科学的代替;
中国的悲怆永沉在我的心底。

啊,你别难过,难过了我给不出安慰。
我曾每日那样想过了几回:
你已给了你所有的,同你去的弟兄
也是一样,献出你们的生命;
已有的年轻一切;将来还有的机会,
可能的壮年工作,老年的智慧;

可能的情爱,家庭,儿女,及那所有
生的权利,喜悦;及生的纠纷!
你们给的真多,都为了谁?你相信
今后中国多少人的幸福要在
你的前头,比自己要紧;那不朽
中国的历史,还需要在世上永久。

你相信,你也做了,最后一切你交出。
我既完全明白,为何我还为着你哭?
只因你是个孩子却没有留什么给自己,
小时我盼着你的幸福,战时你的安全,
今天你没有儿女牵挂需要抚恤同安慰,
而万千国人像已忘掉,你死是为了谁!

三十三年[1],李庄

---

[1] 此处为民国纪年,三十三年,即1944年。

辑五

如果我的心是一朵莲花,
正中擎出一支点亮的蜡,
荧荧虽则单是那一剪光,
我也要它骄傲的捧出辉煌。

希望 | 是每小粒晶莹,给了你方向

笑 [1]

笑的是她的眼睛，口唇；
和唇边浑圆的漩涡。
艳丽如同露珠，
朵朵的笑向
贝齿的闪光里躲。
那是笑——神的笑，美的笑；
水的映影，风的轻歌。

笑的是她惺忪的鬈发，
散乱的挨着她耳朵。
轻软如同花影，
痒痒的甜蜜
涌进了你的心窝。
那是笑——诗的笑，画的笑；
云的留痕，浪的柔波。

---

[1] 本诗发表于 1931 年 9 月《新月诗选》。

激昂 [1]

我要借这一时的豪放
和从容,灵魂清醒的
在喝一泉甘甜的鲜露,
来挥动思想的利剑,
舞它那一瞥最敏锐的
锋芒,像皑皑塞野的雪
在月的寒光下闪映,
喷吐冷激的辉艳;——斩,
斩断这时间的缠绵,
和猥琐网布的纠纷,
剖取一个无瑕的透明,
看一次你,纯美,
你的裸露的庄严。
……

---

[1] 本诗发表于 1931 年 9 月《北斗》创刊号。

然后踩登

任一座高峰，攀牵着白云

和锦样的霞光，跨一条

长虹，瞰临着澎湃的海，

在一穹匀净的澄蓝里，

书写我的惊讶与欢欣，

献出我最热的一滴眼泪，

我的信仰，至诚，和爱的力量，

永远膜拜，

膜拜在你美的面前！

五月，香山

莲灯 [1]

如果我的心是一朵莲花,
正中擎出一支点亮的蜡,
荧荧虽则单是那一剪光,
我也要它骄傲的捧出辉煌。
不怕它只是我个人的莲灯,
照不见前后崎岖的人生——
浮沉它依附着人海的浪涛
明暗自成了它内心的秘奥。

---

[1] 本诗发表于 1933 年 3 月《新月》第 4 卷第 6 期。

单是那光一闪花一朵——
像一叶轻舸驶出了江河——
宛转它漂随命运的波涌
等候那阵阵风向远处推送。
算做一次过客在宇宙里,
认识这玲珑的生从容的死,
这飘忽的途程也就是个——
也就是个美丽美丽的梦。

二十一年[1]七月半,香山

---

[1] 此处为民国纪年,二十一年,即1932年。

微光 [1]

街上没有光,没有灯,
店廊上一角挂着有一盏;
他和她把他们一家的运命
含糊的,全数交给这暗淡。

街上没有光,没有灯,
店窗上,斜角,照着有半盏。
合家大小朴实的脑袋,
并排儿,熟睡在土炕上。

外边有雪夜,有泥泞;
砂锅里有不够明日的米粮;
小屋,静守住这微光,
缺乏着生活上需要的各样。

---

[1] 本诗发表于1933年9月27日《大公报·文艺副刊》。

缺的是把干柴；是杯水；麦面……
为这吃的喝的，本说不到信仰，——
生活已然，固定的，单靠气力，
在肩臂上边，来支持那生的胆量。

明天，又明天，又明天……
一切都限定了，谁还说希望，——
即使是做梦，在梦里，闪着，
仍旧是这一粒孤勇的光亮？

街角里有盏灯，有点光，
挂在店廊；照在窗槛；
他和她，把他们一家的运命
明白的，全数交给这凄惨。

二十二年[1] 九月

---

[1] 此处为民国纪年，二十二年，即 1933 年。

风筝[1]

看,那一点美丽
会闪到天空!
几片颜色,
挟住双翅,
心,缀一串红。

飘摇,它高高的去,
逍遥在太阳边
太空里闪
一小片脸,
但是不,你别错看了
错看了它的力量,
天地间认得方向!

---

[1] 本诗发表于 1936 年 2 月 14 日《大公报·文艺副刊》第 39 期。

它只是

轻的一片,

一点子美

像是希望,又像是梦;

一长根丝牵住

天穹,渺茫——

高高推着它舞去,

白云般飞动,

它也猜透了不是自己,

它知道,知道是风!

正月十一日

过杨柳[1]

反复的在敲问心同心,
彩霞片片已烧成灰烬,
街的一头到另一条路,
同是个黄昏扑进尘土。

愁闷压住所有的新鲜,
奇怪街边此刻还看见,
混沌中浮出光妍的纷纠,
死色楼前垂一棵杨柳!

二十五年[2] 十月一日

---

[1] 本诗发表于 1936 年 11 月 1 日《大公报·文艺副刊》第 241 期。作者后改题为《黄昏过杨柳》。
[2] 此处为民国纪年,二十五年,即 1936 年。

/ 人生 [1]

人生,
你是一支曲子,
我是歌唱的;

你是河流
我是条船,一片小白帆
我是个行旅者的时候,
你,田野,山林,峰峦。
无论怎样,
颠倒密切中牵连着
你和我,
我永从你中间经过;

---

[1] 本诗最初与《给秋天》《展缓》一起以《诗(三首)》的标题发表于 1947 年 5 月 4 日《大公报·文艺副刊》。

我生存，
你是我生存的河道，
理由同力量。
你的存在
则是我胸前心跳里
五色的绚彩
但我们彼此交错
并未彼此留难。
……
现在我死了，
你，——
我把你再交给他人负担！

展缓 [1]

当所有的情感

都并入一股哀怨

如小河,大河,汇向着

无边的大海,——不论

怎么冲急,怎样盘旋,——

那河上劲风,大小石卵,

所做成的几处逆流,

小小港湾,就如同

那生命中,无意的宁静

避开了主流;情绪的

平波越出了悲愁。

---

[1] 本诗最初与《给秋天》《人生》一起以《诗(三首)》的标题发表于1947年5月4日《大公报·文艺副刊》。

停吧,这奔驰的血液;
它们不必全然废弛的
都去造成眼泪。
不妨多几次辗转,溯回流水,
任凭眼前这一切缭乱,
这所有,去建筑逻辑。
把绝望的结论,稍稍
迟缓,拖延时间,——
拖延理智的判断,——
会再给纯情感一种希望!

/ 破晓

木格子窗上,支支哑哑的响。
泄像薄冰的纸上,一层微光。
早晨的睡眼见不到一点温暖
你同熄了的炉火应在留恋昨晚。

忽然钟声由冻骤的空中敲出,
悠扬的击节,寒花开在山谷!
这时,任何的梦该卷起,好好收藏
又一天的日子已迈过你的窗栏。

三六[1],冬至,平西郊

---

[1] 此处为民国纪年,三六,即 1947 年。

小诗(二)[1]

小蚌壳里有所有的颜色；
整一条虹藏在里面。
绚彩的存在是他的秘密，
外面没有夕阳，也不见雨点。

黑夜天空上只一片渺茫；
整宇宙星斗那里闪亮，
远距离光明如无边海面，
是每小粒晶莹，给了你方向。

---

[1] 本诗最初与《小诗(一)》《恶劣的心绪》《写给我的大姊》《一天》《对残枝》《对北门街园子》《十一月的小村》《忧郁》一起以《病中杂诗(九首)》为总标题发表于1948年5月《文学杂志》第2卷第12期。又，《小诗》(二) 1947年写于北平。——梁从诫注。

/ 对残枝 [1]

梅花你这些残了后的枝条,
是你无法诉说的哀愁!
今晚这一阵雨点落过以后,
我关上窗子又要同你分手。

但我幻想夜色安慰你伤心,
下弦月照白了你,最是同情,
我睡了,我的诗记下你的温柔,
你不妨安心放芽去做成绿荫。

---

[1] 本诗最初与《小诗(一)》《小诗(二)》《恶劣的心绪》《写给我的大姊》《一天》《对北门街园子》《十一月的小村》《忧郁》一起以《病中杂诗(九首)》为总标题发表于1948年5月《文学杂志》第2卷第12期。又,《对残枝》1946年写于昆明。——梁从诫注。

对北门街园子 [1]

别说你寂寞;大树拱立
草花烂漫,一个园子永远
睡着;没有脚步的走响。

你树梢盘着飞鸟,每早云天
吻你额前,每晚你留下对话,
正是西山最好的夕阳。

---

[1] 本诗最初与《小诗(一)》《小诗(二)》《恶劣的心绪》《写给我的大姊》《一天》《对残枝》《十一月的小村》《忧郁》一起以《病中杂诗(九首)》为总标题发表于1948年5月《文学杂志》第2卷第12期。又,《对北门街园子》1946年写于昆明。——梁从诫注。

辑六

世间事有你想不到的那么古怪，

你的信来的时候

正遇到我双手托着头

在自恨自伤的一片苦楚的情绪中

熬着。

书信 | 我欠你一封信，欠得太久了

/ 致胡适 [1]

适之先生：

也许你很诧异这封唐突的来信，但是千万请你原谅，你到美的消息传到一个精神充军的耳朵里，这不过是个很自然的影响。

我这两年多的渴想，北京和最近残酷的遭遇给我许多烦恼和苦痛。我想你一定能够原谅我对于你到美的踊跃。我愿意见着你，我愿意听到我所狂念的北京的声音和消息，你不以为太过吧？

纽约离此很近，我有希望欢迎你到费城来么？哥伦比亚演讲一定很忙，不知周末可以走动不？

这二月底第三或第四周末有空否？因为那时彭校新创的教育会有个演讲托找中国 speaker [2]，胡先生若可以来费可否答应当那晚的 speaker？本来这会极不要紧的

---

[1] 此信写于 1927 年 2 月 6 日。
[2] speaker，即"讲演人"。

不该劳动大驾，只因因此我们可以聚会晤谈，所以函问。

若是月底太忙不能来费，请即示知，以便早早通知该会（Dr.G.H.Minnich 会长），过些时候我也许可以到纽约来拜访。

很不该这样唐突打扰，但是——原谅。

徽音上

二月六日于费城

/ 致胡适 [1]

适之先生:

我真不知道怎样谢谢你这次的 visit[2] 才好! 星期五那天,我看你从早到晚不是说话便是演讲,真是辛苦极了。第二天一清早,我想着你又在赶路到华京去,着实替你感着疲劳。希望你在华京从容一点稍稍休息过来。

那天听讲的人都高兴得了不得。那晚饭后我自己只觉得有万千的感触,倒没有向你道谢。要是道谢的话,"谢谢"两字真是太轻了,不能达到我的感激。一个小小的教育会把你辛苦了足三天,真是!

你的来费给我好几层的安慰,老实说当我写信去请你来时,实在有些怕自己唐突,就是那天见了你之后也还有点不自在。但是你那老朋友的诚意温语立刻把我 put at ease[3] 了。

---

[1] 此信写于 1927 年 3 月 15 日。
[2] visit,即"访问"。
[3] put at ease,即"宽慰"。

你那天所谈的一切——宗教，人事，教育到政治——我全都忘不了的，尤其是"人事"。一切的事情我从前不明白，现在已经清楚了许多。就还有要说要问的，也就让他们去，不说不问了，"让过去的算过去的"，这是志摩的一句现成话。

大概在你回国以前，我不能到纽约来了，如果我再留美国一年的话，大约还有一年半我们才能再见。适之先生，我祝你一切如意、快乐和健康。回去时看见朋友们替我问候。请你告诉志摩我这三年来寂寞受够了，失望也遇多了，现在倒能在寂寞和失望中得着自慰和满足。告诉他我绝对的不怪他，只有盼他原谅我从前的种种的不了解。但是路远隔膜，误会是在所难免的，他也该原谅我。我昨天把他的旧信一一翻阅了。旧的志摩我现在真真透彻地明白了，但是过去，现在不必重提了，我只求永远纪念着。

如你所说的，经验是可宝贵的，但是有价值的经验全是苦痛换来的，我在这三年中真是得了不少的阅历，但也够苦了。经过了好些的变励的环境和心理，我是如你所说的老成了好些，换句话说，便是会悟了从青年的 idealistic phase[1] 走到了成年的 realistic phase[2]，做人便这样做罢。Idealistic 的梦停止了，也就可以医好了许

---

[1] idealistic phase，即"理想主义阶段"。
[2] realistic phase，即"现实主义阶段"。

多vanity[1]，这未始不是个好处。

照事实上看来，我没有什么不满足的。现在一时国内要不能开始我的工作，我便留在国外继续用一年工夫再说。有便请你再告诉志摩，他怕美国把我宠坏了，事实上倒不尽然，我在北京那一年的spoilt[2]生活，用了三年的工夫才一点一点改过来。要说spoilt，世界上没有比中国更容易spoilt人了，他自己也就该留心点。

通伯和夫人[3]为我叨念，叔华女士若是有暇，可否送我几张房子的相片，自房子修改以后我还没有看见过。我和那房子的感情实是深长，旅居的梦魂常常绕着琼塔雪池。她母亲的院子里就有我无数的记忆，现在虽然已不堪回首，但是房主人们都是旧友，我极愿意有几张影片留作纪念。

感情和理性可以说是反对的。现在夜深，我不由得不又让情感激动，便就无理地写了这么长一封信，费你时间，扰你精神。适之先生，我又得apologize[4]了。回国以后如有机会，闲暇的时候给我个把字吧，我眼看着还要充军一年半，不由得不害怕呀。

---

[1] vanity，即"虚荣"。
[2] spoilt，即"娇养坏了"。
[3] 通伯和夫人，指陈源及夫人凌叔华。
[4] apologize，即"道歉"。

胡太太为我问好,希望将来到北京时可以见着。
就此祝你
旅安!

徽音寄自费城
三月十五日

/ 致沈从文 [1]

沈二哥：

初二回来便忙乱成一堆，莫明其所以然。文章写不好，发脾气时还要呕出韵文！十一月的日子我最消化不了，听听风，知道枫叶又凋零得不堪，只想哭。昨天哭出的几行勉强叫它做诗，日后呈正。

萧先生文章甚有味儿[2]。我喜欢，能见到当感到畅快。你说的是否礼拜五？如果是，下午五时在家里候教，如嫌晚，星期六早上也一样可以的。

关于云冈现状是我正在写的一个短篇，那天再赶个落花流水时当送上。

思成尚在平汉线边沿吃尘沙，星期六晚上可以到家。

此问

俪安

二嫂统此

徽音拜上

---

[1] 此信原无日期，估计写于1933年11月。
[2] 萧先生文章，指萧乾写的短篇小说《蚕》。

/ 致沈从文[1]

二哥：

　　世间事有你想不到的那么古怪，你的信来的时候正遇到我双手托着头在自恨自伤的一片苦楚的情绪中熬着。在廿四个钟头中，我前前后后，理智的，客观的，把许多纠纷痛苦和挣扎或希望或颓废的细目通通看过好几遍，一方面展开事实观察，一方面分析自己的性格情绪历史，别人的性格情绪历史，两人或两人以上互相的生活、情绪和历史，我只感到一种悲哀，失望，对自己对生活全都失望无兴趣。我觉到像我这样的人应该死去；减少自己及别人的痛苦！这或是暂时的一种情绪，一会儿希望会好。

　　在这样的消极悲伤的情景下，接到你的信，理智上，我虽然同情你所告诉我你的苦痛（情绪的紧张），在情感上我却很羡慕你那么积极，那么热烈，那么丰富的情绪，至少此刻同我的比，我的显然萧条颓废消极无用。你的是在情感的尖锐上奔进！

　　可是此刻，我们有个共同的烦恼，那便是可惜时间

---

[1]　此信写于1934年2月27日。

和精力，因为情绪的盘旋而耗费去。

你希望抓住理性的自己，或许找个聪明的人帮忙整理一下你的苦恼或是"横溢的情感"，设法把它安排妥帖一点，你竟找到我来，我懂得的，我也常常被同种的纠纷弄得左不是右不是，生活掀在波澜里，盲目地同危险周旋，累得我既为旁人焦灼，又为自己操心，又同情于自己又很不愿意宽恕放任自己。

不过，我同你有大不同处：就是在横溢奔放的情感中时，我便觉到抓住一种生活的意义，即使这横溢奔放的情感所发生的行为上纠纷是快乐与苦辣对渗的性质，我也不难过不在乎。我认定了生活本身原质是矛盾的，我只要生活；体验到极端的愉快，灵质的，透明的，美丽的近于神话理想的快活，以下我情愿也随着赔偿这天赐的幸福，埋在悲痛，纠纷，失望，无望，寂寞中挨过若干时候，好像等自己的血来在创伤上结痂一样！一切我都在无声中忍受，默默地等天来布置我，没有一句话说（我且说说来给你做个参考）！

我所谓极端的、浪漫的或实际的都无关系，反正我的主义是要生活，没有情感的生活简直是死！生活必须体验丰富的情感，把自己变成丰富，宽大，能优容，能了解，能同情种种"人性"，能懂得自己，不苛责自己，也不苛责旁人，不难自己所不能，也不难别人所不能，更不怨运命或是上帝，看清了世界本是各种人性混合做成的纠纷，人性又就是那么一回事，脱不掉生理、心理、环境习惯、先天特质的凑合！把道德放大了讲，别裁判或裁削自己。任性到损害旁人时如果你不忍，你就根本办不到任性的事（如果你办得到，那你那种残忍，便是你自己性格里的一点特性，也用不着过分地去纠正）。想做的事太多，并且互相冲突时，拣最想做——想做到顾不得旁的牺牲的事做，未做时心中发生纠纷是免不了的，做后最用不着后悔，因为你既会去做，那桩事便一定是不可免的，别尽着罪过自己。

　　我方才所说到极端的愉快、灵质的、透明的、美丽的快活不知道你有否同一样感觉。我的确有过，我不忘却我的幸福。我认为最愉快的事都是一闪亮的，在一段较短的时间内迸出神奇的——如同两个人透彻的了解：一句话打到你心里，使得你理智和感情全觉到一万万分满足；如同相爱：在一个时候里，你同你自身以外另一个人互相以彼此存在为极端的幸福；如同恋爱，在那时那刻眼所见，耳所听，心所触无所不是美丽，情感如诗歌自然的流动，如花香那样不知其所以。这些种种便都是一生中不可多得的瑰宝。世界上没有多少人有那机会，且没有多少人有那种天赋的敏感和柔情来尝味那经验，所以就有那种机会也无用。如果有如诗剧神话般的实景，当时当事者本身却没有领会诗的情感又如何行？即使有了，只是浅俗的赏月折花的限量，那又有什么话说？！

转过来说,对悲哀的敏感容量也是生活中可贵处。当时当事,你也许得流出血泪,过去后那些在你经验中也是不可鄙视的创痂(此刻说说话,我倒暂时忘记了昨天到今晚已整整哭了廿四小时,中间仅仅睡着三四个钟头,方才在过分的失望中颓废着觉到浪费去时间精力,很使自己感叹)。在夫妇中间为着相爱纠纷自然痛苦,不过那种痛苦也是夹着极端丰富的幸福在内的。冷漠不关心的夫妇结合才是真正的悲剧!

如果在"横溢情感"和"僵死麻木的无情感"中叫我来拣一个,我毫无问题要拣上面的一个,不管是为我自己或是为别人。人活着的意义基本的是在能体验情感。能体验情感还得有智慧有思想来分别了解那情感——自己的或别人的。如果再能表现你自己所体验所了解的种种在文字上——不管那算是宗教或哲学,诗,或是小说,或是社会学论文——(谁管那些)——使得别人也懂得点人生意义,那或许就是所有的意义了——不管人文明到什么程度,天文地理科学地通到哪里去,这点人性还是一样的主要,一样的是人生的关键。

在一些微笑或皱眉印象上称较分量,在无边际人事上驰骋细想正是一种生活。

算了吧!二哥,别太虐待自己,有空来我这里,咱们再费点时间讨论讨论它,你还可以告诉我一点实在情形。我在廿四小时中只在想自己如何消极到如此田地苦到如此如此，而使我苦得想去死的那个人自己在去上海火车中也苦得要命，已经给我来了两封电报一封信，这不是"人性"的悲剧么？那个人便是说他最不喜欢人性的梁二哥！

徽因

你一定得同老金[1]谈谈，他真是能了解同时又极客观极同情极懂得人性，虽然他自己并不一定会提起他的历史。

---

[1] 老金，指金岳霖。

/ 致沈从文 [1]

二哥：

怎么了？大公报到底被收拾，真叫人生气！有办法否？

昨晚，我们这里忽收到两份怪报，名叫《亚洲民报》，篇幅大极，似乎内中还有文艺副刊，是大规模的组织，且有计划的，看情形似乎要《大公报》永远关门。气糊涂了我！我只希望是我神经过敏。社论看了叫人毛发能倒竖。

这日子如何"打发"？我们这国民连骨头都腐了！有消息请告一二。

徽因

---

[1] 此信写于1935年11月，《大公报》被扣时。

/ 致沈从文 [1]

二哥：

　　我欠你一封信，欠得太久了！现在第一件事要告诉你的就是我们又在距离相近的一处了。大家当时分手得那么突兀惨淡，现在零零落落的似乎又聚集起来。一切转变得非常古怪，两月以来我种种的感到糊涂。事情越看得多点，心越焦，我并不奇怪自己没有青年人抗战中兴奋的情绪，因为我比许多人明白一点自己并没有抗战。我生活离前线太远，一方面自己的理智方面也仍然没有失却它寻常的职能，观察得到一些叫人心里顶难过的事，心里有时像个药罐子。

　　自你走后，我们北平学社方面发生了许多叫我们操心的事，好容易挨过了俩仨星期（我都记不清有多久了）才算走脱，最后我是病的，却没有声张，临走去医院检查一遍，结果是得着医生严重的警告——但警告白警告，我的寿命是由天的了。临行的前夜，一直弄到半夜三点半，次早六时由家里出发，我只觉得是硬由北总布胡同扯出来上车拉倒。东西全弃下倒无所谓，最难过的是许多朋

---
[1]　此信写于 1937 年 10 月。

友都像是放下忍心地走掉,端公[1]太太、公超[2]太太住在我家,临别真是说不出的感到似乎是故意那么狠心地把她们抛下,兆和[3]也是一个使我顶不知怎样才好的,而偏偏我就根本赶不上去北城一趟看看她。我恨不得把所有北平留下的太太孩子挤在一块走出到天津再说。可是我也知道天津地方更莫名其妙,生活又贵,平津那一节火车情形那时也是一天一个花样,谁都不保险会出什么样的把戏。

这是过去的话了,现在也无从说起,自从那时以后,我们真走了不少地方。由卢沟桥事变到现在,我们把中国所有的铁路都走了一段!最紧张的是由北平到天津,由济南到郑州。带着行李小孩奉着老母,由天津到长沙共计上下舟车十六次,进出旅店十二次,这样走法也就是很够经验的,所为的是回到自己的后方。现在后方已回到了,我们对于战时的国家仅是个不可救药的累赘而已。同时,我们又似乎感到许多我们可用的力量废放在这里,是因为各方面缺乏更好的组织来尽量采用。我们初到时的兴奋,现实已变成习惯的悲感。更其糟的是这几天看到许多过路的队伍兵丁,由他们吃的穿的到其他一切一切。"惭愧"两字我嫌它们过于单纯,所以我没

---

[1] 端公,指钱端升。
[2] 公超,指叶公超。
[3] 兆和,指沈从文的妻子张兆和。

有字来告诉你,我心里所感触的味道。

前几天我着急过津浦线上情形,后来我急过"晋北"的情形——那时还是真正的"晋北"——由大营道繁峙代县,雁门朔县宁武原平崞县忻县一带路,我们是熟极的,阳明堡以北到大同的公路更是有过老朋友交情,那一带的防御在卢变以后一星期中我们所知道的等于是"鸡蛋"。我就不信后来赶得及怎样"了不起"的防御工作,老西儿[1]的军队更是软懦到万分见不得风的,怎不叫我跳急到万分!好在现在情形已又不同了,谢老天爷,但是看战报的热情是罪过的。如果我们再按紧一点事实的想象:天这样冷……(就不说别的!!)战士们在怎样的一个情形下活着或死去!三个月以前,我们在那边已穿过棉!所以一天到晚,我真不知想什么好,后方的热情是罪过,不热情的话不更是罪过?二哥,你想,我们该怎样地活着才有法子安顿这一副还未死透的良心?

我们太平时代(考古)的事业,现时谈不到别的了,在极省俭的法子下维护它不死,待战后再恢复算最为得体的办法。个人生活已甚苦,但尚不到苦到"不堪"。我是女人,当然立即变成纯净的"糟糠"的典型,租到两间屋子,烹调,课子,洗衣,铺床,每日如在走马灯中过去。中间来几次空袭警报,生活也就饱满到万分。注:一到就发生住的问题,同时患腹泻,所以在极马虎中租

---

[1] 老西儿,指阎锡山。

到一个人家楼上的两间屋。就在火车站旁，火车可以说是从我窗下过去！所以空袭时颇不妙，多暂避于临时大学（熟人尚多见面，金甫[1]亦"高个子"如故）。文艺思想都像在北海五龙亭看虹那么样，是过去中一种偶然的遭遇，现实只有一堆矛盾的现实抓在手里。

　　话又说多了，且乱，正像我的老样子。二哥，你现在做什么，有空快给我一封信（在汉口时，我知道你在隔江，就无法来找你一趟）。我在长沙回首雁门，正不知有多少伤心呢，不日或起早到昆明，长途车约七八日，天已寒冷，秋气肃杀，这路不太好走，或要去重庆再到成都，一切以营造学社工作为转移（而其间问题尚多，今天不谈了）。现在因时有空袭警报，所以一天不能离开老的或小的，精神上真是苦极苦极，一天的操作也于我的身体有相当的威胁。

徽音　在长沙
长沙韭菜园教厂坪134刘宅内梁

---

[1] 金甫，指杨振声先生。

/ 致沈从文 [1]

二哥:

在黑暗中,在车站铁篷子底分别,很有种清凉的味道,尤其是走的人没有找着车位,车上又没有灯,送的打着雨伞,天上落着很凄楚的雨,地下一块亮一块黑地反映着泥水洼,满车站的兵——开拔到前线的,受伤开回到后方的! 那晚上很代表我们这一向所过的日子的最黯淡的底层——这些日子表面上固然还留一点未曾全褪败的颜色。

这十天里,长沙的雨更象征着一切霉湿、凄怆、惶惑的生活。那种永不开缝的阴霾封锁着上面的天,留下一串串继续又继续着檐漏般不痛快的雨,屋里人冻成更渺小无能的小动物,缩着脖子只在呆想中让时间赶到头里,拖着自己半蛰伏的灵魂。接到你第一封信后,我又重新发热伤风过一次,这次很规矩地躺在床上发冷,或发热,日子清苦得无法设想,偏还老那么悬着,叫人着一种无可奈何的急。如果有天,天又有意旨,我真想他

---

[1] 此信写于1937年11月9—10日长沙至武昌间。

明白点告诉我一点事，好比说我这种人需要不需要活着，不需要的话，这种悬着日子也不都是侈奢？好比说一个非常有精神喜欢挣扎着生存的人，为什么需要肺病，如果是需要，许多希望着健康的想念在她也就很侈奢，是不是最好没有？死在长沙雨里，死得虽未免太冷点，往昆明跑，跑后的结果如果是一样，那又怎样？昨天我们夫妇算算到昆明去，现在要不就走，再去怕更要落雪落雨发生问题，就走的话，除却旅费，到了那边时身上一共剩下三百来元，万一学社经费不成功，带着那一点点钱一家子老老小小流落在那里颇不妥当，最好得等基金方面一点消息……

可是，今天居然天晴，并且有大蓝天，大白云，顶美丽的太阳光！我坐在一张破藤椅上，破藤椅放在小破廊子上，旁边晒着棉被和雨鞋，人也就轻松一半，该想的事暂时不再想它，想想别的有趣事：好比差不多二十年前，我独自坐在一间顶大的书房里看雨，那是英国的不断的雨。我爸爸到瑞士国联开会去，我能在楼上嗅到顶下层楼下厨房里炸牛腰子同洋咸肉的味儿，到晚上又是在顶大的饭厅里（点着一盏顶暗的灯）独自坐着（垂着两条不着地的腿同刚刚垂肩的发辫），一个人吃饭，一面咬着手指头哭——闷到实在不能不哭！理想的我老希望着生活有点浪漫的发生，或是有个人叩下门走进来坐在我对面同我谈话，或是同我同坐在楼上炉边给我讲故事，最要紧的还是有个人来爱我。我做着所有女孩的梦，而实际上却只是天天落雨又落雨，我从不认识一个男朋友，从没有一个浪漫聪明的人走来同我玩——实际生活中所认识的人从没有一个像我所想象的浪漫人物，却还加上一大堆人事上的纠纷。

话说得太远了，方才说天又晴了，我却怎么又转到落雨上去？真糟！肚子有点饿，嗅不着炸牛腰子同咸肉的味儿，更是无法再想英国或廿年前的事，国联或其他！

方才念到你的第二封信，说起爸爸的演讲，当时他说得顶热闹，根本没有想到注意近在自己身边的女儿的日常一点点小小苦痛比那种演讲更能表示他真的懂得那些问题的重要。现在我自己已做了嬷嬷，我不愿意在任何情形下把我的任何一角酸辛的经验来换他当时的一篇漂亮话，不管它有多少风趣！这也许是我比他诚实，也许是我比他缺一点幽默！

好久了，我没有写长信，写这么杂乱无系统的随笔信，今晚上写了这许多，谁知道我方才喝了些什么。此刻真是冷，屋子里谁都睡了，温度仅仅五十一度，也许这是原因！

明早再写关于沅陵及其他向昆明方面设想的信！

又接到另外一封信，关于沅陵，我们可以想想，关于大举移民到昆明的事，还是个大悬点挂在空里，看样子如果再没有计划就因无计划而在长沙留下来过冬，不过关于一切，我仍然还须给你更具体的回信一封，此信今天暂时先拿去付邮而免你惦挂。

昨天张君劢老前辈来此，这人一切仍然极其"混沌"（我不叫它做天真）。天下事原来都是一些极没有意思的，我们理想着一些美妙的完美，结果只是处处悲观叹息着。我真佩服一些人仍然整天说着大话，自己支持着极不相干的自己以至令别人想哭！

匆匆

徽因

十一月九至十日

/ 致沈从文 [1]

二哥:

　　决定了到昆明,以便积极地做走的准备,本买二日票,后因思成等周寄梅先生把票退了,再去买时,已经连七号的都卖光了,只好买八号的。

　　今天中午到了沅陵。昨晚里住在官庄的。看到沿途景物又秀丽又雄壮时,我们想到你二哥对这些苍翠的、天排布的深浅山头,碧绿的水和其间稍稍带点天真的人为的点缀,如何的亲切爱好,感到一种愉快。天气是好到不能更好,我说如果不是在这战期中时时心里负着一种悲伤哀愁的话,这旅行真是不知几世修来。

　　昨晚有人说或许这带有匪,倒弄得我们心有点慌慌的,住在小旅店里灯火荧荧如豆,外边微风撼树,不由得不有一种特别情绪,其实我们很平安地到达很安静的地带。

　　今天来到沅陵,风景愈来愈妙,有时颇疑心有翠翠[2]这种人物在! 沅陵城也极好玩,我爱极了。你老兄的房

---

[1] 此信写于 1937 年 12 月 9 日去昆明途中,到沅陵时写的。
[2] 翠翠,沈从文小说《边城》中的女主人公。

子在小山上,非常别致有雅趣,原来你一家子都是敏感的有精致爱好的。我同思成带了两个孩子来找他,意外还见到你的三弟,新从前线回来,他伤已愈可以拐杖走路,他们待我太好(个个性情都有点像你)。我们真欢喜极了,都又感到太打扰得他们有点不过意。虽然,有半天工夫在那里楼上廊子上坐着谈天,可是我真感到有无限亲切。沅陵的风景,沅陵的城市,沅陵的人物,在我们心里是一片很完整的记忆,我愿意再回到沅陵一次,无论什么时候,最好当然是打完仗!

说到打仗,你别过于悲观,我们还许要吃苦,可是我们不能不争到一种翻身的地步。我们这种人太无用了,也许会死,会消失,可是总有别的法子。我们中国国家进步了,弄得好一点,争出一种新的局面,不再是低着头地被压迫着,我们根据事实时有时很难乐观,但是往大处看,抓紧信心,我相信我们大家根本还是乐观的,你说对不对?

这次分别,大家都怀着深忧!不知以后事如何?相见在何日?只要有着信心,我们还要再见的呢。

无限亲切的感觉,因为我们在你的家乡。

徽因

昆明住址:云南大学王赣愚先生转

/ 致沈从文 [1]

二哥：

  事情多得不可开交，情感方面虽然有许多新的积蓄，一时也不能够去清理（这年头也不是清理情感的时候），昆明的到达既在离开长沙三十九天之后，其间的故事也就很有可纪念的。我们的日子至今尚似走马灯地旋转，虽然昆明的白云悠闲疏散在蓝天里。现在生活的压迫似乎比从前更有分量了。我问我自己，三十年底下都剩一些什么，假使机会好点我有什么样的一两句话说出来，或是什么样事好做，这种问题在这时候问，似乎更没有回答——我相信我已是一整个地失败，再用不着自己过分地操心——所以朋友方面也就无话可说——现在多半的人都最惦挂我的身体。一个机构多方面受过损伤的身体实在用不着惦挂，我看黔滇间公路上所用的车辆颇感到一点同情，在中国做人同在中国坐车子一样都要承受那种待遇，磨到焦头烂额，照样有人把你拉过来推过去爬着长长的山坡，你若使懂事多了，挣扎一下，也就不见得不会喘着气爬山过岭，到了你最后的一个时候。

---

[1] 此信写于1938年春。

不，我这比喻打得不好，它给你的印象好像是说我整日里在忙着服务，有许多艰难的工作做，其实，那又不然。虽然思成与我整天宣言我们愿意义务的，替政府或其他公共机关效力，到如今，人家还是不找我们做正经事，现在所忙的仅是一些零碎的私人所委托的杂务。这种私人相委的事，如果他们肯给我们一点实际的酬报，我们生活可以稍稍安定，挪点时候做些其他有价值的事也好，偏又不然。所以，我仍然得另想办法来付昆明的高价房租，结果是又接受了教书生涯，一星期来往爬四次山坡走老远的路到云大去教六点钟的补习英文，上月净得四十余元法币，而一方面为一种我们最不可少的皮尺，昨天花了二十三元买来！

到如今，我还不大明白我们来到昆明是做生意，是"走江湖"，还是做"社会性的骗子"——因为梁家老太爷的名分，人家常抬举这对愚夫妇，所以我们是常常有些阔绰的应酬需要我们笑脸应付——这样说来好像是牢骚，其实也不尽然，事实上就是情感良心均不得均衡！前昨同航空毕业班的几个学生谈，我几乎要哭起来，这些青年叫我一百分的感激同情，一方面我们这租来的房子墙上还挂着那位主席将军的相片，看一眼，话就多了——现在不讲——天天早上那些热血的人在我们上空练习速度、驱逐和格斗，底下芸芸众生吃喝得仍然有些讲究，思成不能酒我不能牌，两人都不能烟，在做人方面已经是非常惭愧！现在昆明人才济济，哪一方面人都有，云南的权贵，香港的服装，南京的风度，大中华民国的洋钱，把生活描画得十三分对不起那些在天上冒险的青年，其他更不用说了。现在我们所认识的穷愁朋友已来了许多，同感者自然甚多。

　　陇海全线的激战使我十分兴奋，那一带地方我比较熟悉，整个心都像在那上面滚，有许多人似乎看那些新闻印象里只是一堆内地县名根本不发生感应，我就奇怪！我真想在山西随军，做什么自己可不大知道！

　　二哥，我今天心绪不好，写出信来怕全是不好听的话，你原谅我，我要搁笔了。

　　这封信暂做一个赔罪的先锋，我当时也知道朋友们一定会记挂，不知怎么我偏不写信，好像是罚自己似的——一股坏脾气发作！

徽因

/ 致梁思庄 [1]

思庄：

　　来后还没有给你信，旅中并没有多少时间。每写一封到北平，总以为大家可以传观，所以便不另写。连得三爷[2]、老金等信，给我们的印象总是一切如常，大家都好，用不着我操什么心，或是要赶急回去的。但是出来已两周，我总觉得该回去了，什么怪时候，赶什么怪车都愿意，只要能省时候。尤其是这几天在建筑方面非常失望，所谒大寺庙不是全是垃圾，便是已代以清末简陋的不相干房子，还刷着蓝白色的"天下为公"及其他，变成机关或学校。每去一处都是汗流浃背的跋涉，走路工作的时候又总是早八至晚六最热的时间里。这三天来可真真累得不亦乐乎。吃得也不好，天太热也吃不大下。因此种种，我们比上星期的精神差多了。

　　上星期劳苦功高之后，必到个好去处，不是山明水秀，

---

[1]　此信写于 1936 年夏，寄自山东。梁思成三妹思庄当时刚刚丧偶，从广东带幼女北上暂住梁家。
[2]　三爷，指林徽因三弟林恒。

就是古代遗址眩目惊神，令人忘其所以！青州外表甚雄，城跨山边，河绕城下，石桥横通，气象宽朗，且树木葱郁奇高。晚间到时山风吹过，好像满有希望，结果是一无所得。临淄更惨，古刹大佛有数处。我们冒热出火车，换汽车，洋车[1]，好容易走到，仅在大中午我们已经心灰意懒时得见一个北魏石像！庙则通通毁光！

你现在是否已在北屋暂住下，Boo（梁思庄女儿吴荔明的乳名）在哪里？你请过客没有？如果要什么请你千万别客气，随便叫陈妈预备，思马一[2]外套取回来没有？天这样热，I can't quite imagine[3] 人穿它！她的衣料拿去做了没有？都是挂念。

匆匆

二嫂

整天被跳蚤咬得慌，坐在三等火车中又不好意思伸手在身上各处乱抓，结果浑身是包！

---

[1] 洋车，即黄包车。
[2] 思马一，梁思成五妹思懿的绰号。
[3] I can't quite imagine，即"我简直不能想象"。

/ **致朱光潜** [1]

　　我所见到的人生中的戏剧价值都是一些淡香清苦如茶的人生滋味，不过这些戏剧场合须有水一般的流动性，波光鳞纹在两点钟时间内能把人的兴趣引到一个 Make-believe[2] 的世界里去，爱憎喜怒一些人物。像梅真那样一个聪明女孩子，在李家算是一个丫头，她的环境极可怜难处。在两点钟时间限制下，她的行动，对己对人的种种处置，便是我所要人注意的。这便是我的戏。

---

[1] 此信片段原载于一九三七年五月一日《文学杂志》创刊号《编辑后记》。
[2] Make-believe，即"虚幻"。

/ 致梁再冰 [1]

宝宝：

　　妈妈不知道要怎样告诉你许多的事，现在我分开来一件一件地讲给你听。

　　第一，我从六月二十六日离开太原到五台山去，家里给我的信就没有法子接到，所以你同金伯伯、小弟弟所写的信我就全没有看见（那些信一直到我到了家，才由太原转来）。

　　第二，我同爹爹不只接不到信，连报纸在路上也没有法子看见一张，所以日本同中国闹的事情也就一点不知道！

　　第三，我们路上坐大车同骑骡子，走得顶慢，工作又忙，所以到了七月十二日才走到代县，有报，可以打电报的地方，才算知道一点外面的新闻。那时候，我听说到北平的火车，平汉路同同蒲路已然不通，真不知道

---

[1] 此信写于 1937 年 7 月约中旬。林徽因与梁思成 1937 年 6 月下旬到山西五台山地区考察，发现了国内当时最古的木构建筑佛光寺。他们于 7 月中出山后才知道发生了"卢沟桥事变"，急忙绕道平绥线回到北平。不满八岁的女儿当时正随大姑母和表姐、表哥等在北戴河海滨过暑假。

多着急!

第四，好在平绥铁路没有断，我同爹爹就慌慌张张绕到大同由平绥路回北平。现在我画张地图你看看，你就可以明白了。

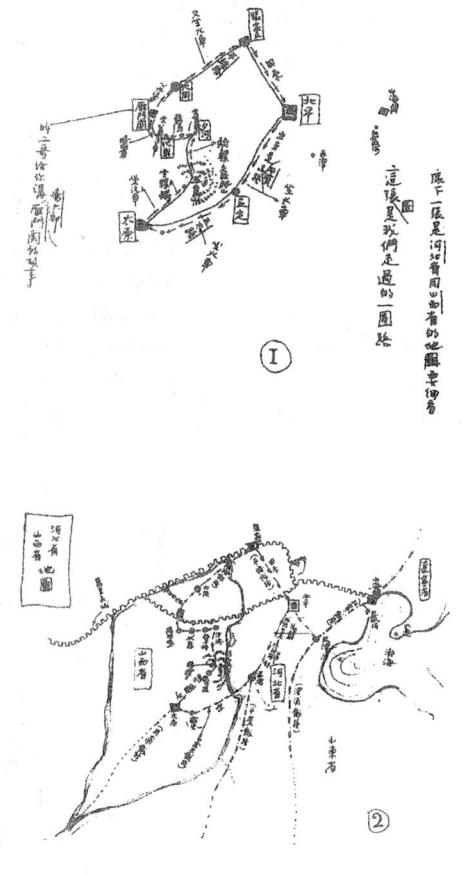

注意万里长城、太原、五台山、代县、雁门关、大同、张家口等地方，及平汉铁路、正太铁路、平绥铁路，你就明白一切。

第五（现在你该明白我走的路线了），我要告诉你我在路上就顶记挂你同小弟，可是没法子接信。等到了代县一听见北平方面有一点战事，更急得了不得。好在我们由代县到大同比上太原还近，由大同坐平绥路火车回来也顶方便的看地图。可是又有人告诉我们平绥路只通到张家口，这下子可真急死了我们！

第六，后来居然回到西直门站（不能进前门车站），我真是喜欢得了不得。清早七点钟就到了家，同家里人同吃早饭，真是再高兴没有了。

第七，现在我要告诉你这一次日本人同我们闹什么。你知道他们老要我们的"华北"地方，这一次又是为了点小事就大出兵来打我们！现在两边兵都停住，一边在开会商量"和平解决"，以后还打不打谁也不知道呢。

第八，反正你在北戴河同大姑、姐姐哥哥们一起也很安稳的，我也就不叫你回来。我们这里一时也很平定，你也不用记挂。我们希望不打仗事情就可以完，但是如果日本人要来占北平，我们都愿意打仗，那时候你就跟着大姑姑那边，我们就守在北平，等到打胜了仗再说。我觉得现在我们做中国人应该要顶勇敢，什么都不怕，什么都顶有决心才好。

第九，你做一个小孩，现在顶要紧的是身体要好，读书要好，别的不用管。现在既然在海边，就痛痛快快地玩。你知道你妈妈同爹爹都顶平安的在北平，不怕打仗，更不怕日本。过几天如果事情完全平下来，我再来北戴河看你，如果还不平定，只好等着。大哥、三姑过两天也来北戴河，你们那里一定很热闹。

第十，请大姐多帮你忙学游水。游水如果能学会了，这趟海边的避暑就更有意思了。

第十一，要听大姑姑的话。告诉她爹爹妈妈都顶感谢她照应你，把你"长了磅"。你要的衣服同书就寄来。

妈妈

/ 致傅斯年[1]

孟真先生：

接到要件一束，大吃一惊，开函拜读，则感与惭并，半天作奇异感！空不能陈万一，雅不欲循俗进谢，但得书不报，意又未安。踌躇了许久仍是临书木讷，话不知从何说起！

今日里巷之士穷愁疾病，屯蹶颠沛者甚多。固为抗战生活之一部，独思成兄弟年来蒙你老兄种种帮忙，营救护理无所不至，一切医药未曾欠缺，在你方面固然是存天下之义，而无有所私，但在我们方面虽感到lucky[2]终增愧悚，深觉抗战中未有贡献，自身先成朋友及社会上的累赘的可耻。

现在你又以成永兄弟危苦之上闻介公[3]，丛细之事累及泳霓先生[4]，为拟长文说明工作之优异，侈誉过实，必使动听，深知老兄苦心，但读后惭汗满背矣！

尤其是关于我的地方，一之誉可使我疚心疾，夙夜

---

[1] 此信约写于1942年春夏之交。
[2] lucky，即"幸运"。
[3] 介公，指蒋介石。
[4] 泳霓先生，指翁文灏。

愁痛。日念平白吃了三十多年饭,始终是一张空头支票难得兑现。好容易盼到孩子稍大,可以全力工作几年,偏偏碰上大战,转入臼臼柴米的阵地,五年大好光阴又失之交臂。近来更胶着于疾病处残之阶段,体衰智困,学问工作恐已无分,将来终负今日教勉之意,太难为情了。

  素来厚惠可以图报,惟受同情,则感奋之余反而缄默,此想老兄伉俪皆能体谅,匆匆这几行,自然书不尽意。

  思永已知此事否?思成平日谦谦怕见人,得电必苦不知所措。希望泳霓先生会将经过略告知之,俾引见访谢时不至于茫然,此问

双安[1]

---

[1] 后面内容缺失。

致金岳霖 [1]

老金:

多久多久了,没有用中文写信,有点儿不舒服。John[2] 到底回美国来了,我们愈觉到寂寞,远,闷,更盼战事早点结束。

一切都好。近来身体也无问题的复原,至少同在昆明时完全一样。本该到重庆去一次,一半可玩,一半可照 X 光线等。可惜天已过冷,船甚不便。

思成赶这一次大稿[3],弄得苦不可言。可是总算了却一桩大事,虽然结果还不甚满意,它已经是我们好几年来想写的一种书的起头。

我得到的教训是:我做这种事太不行,以后少做为妙,虽然我很爱做。自己过于不 efficient[4],还是不能帮思成多少忙!可是我学到许多东西,很有趣的材料,它们本身于我也还是有益。

---

[1] 此信无日期,据推断,时应在 1943 年 11 月下旬,写于李庄。
[2] John,指费正清。
[3] 大稿,指梁思成当时正在用英文撰写的《图像中国建筑史》。
[4] efficient,即"有效率"。

已经是半夜，明早六时思成行。

我随便写几行，托 John 带来，权当晤面而已。

　　　　　　　　　　　　　　　徽寄爱

/ 致张兆和 [1]

卅七年[2]末北平围城时从清华园寄城中。徽[3]。交三姐[4]。

三小姐：

　　收到你的信，并且得知我们这次请二哥出来，的确也是你所赞同的，至为欣慰。这里的气氛与城里完全两样，生活极为安定愉快。一群老朋友仍然照样的打发日子，老邓[5]、应铨[6]等就天天看字画，而且人人都是乐观的，怀着希望的照样工作。二哥到此，至少可以减少大部分精神上的压迫。

　　他住在老金家里。早起八时半就同老金一起过我家吃早饭；饭后聊天半小时，他们又回去；老金仍照常伏案。

　　中午又来，饭后照例又聊半小时，各回去睡午觉。下午四时则到熟朋友家闲坐；吃吃茶或是（乃至）有点点心。六时又到我家，饭后聊到九时左右才散。这是我

---

[1] 本文写于一九四九年一月三十日。
[2] 此处为民国纪年，卅七年，即1948年。
[3] 徽，指林徽因。
[4] 三姐，指张兆和，沈从文之妻。
[5] 老邓，指清华大学哲学系教授邓以蛰。
[6] 应铨，指清华大学建筑系讲师程应铨。

们这里三年来的时程，二哥来此加入，极为顺利。晚上我们为他预备了安眠药。由老金临睡时发给一粒。此外在睡前还强迫吃一杯牛奶，所以二哥的睡眠也渐渐的上了轨道了。[1]

徽因续写：

二哥第一天来时精神的确紧张，当晚显然疲倦，但心绪却愈来愈开朗，第二天人更显愉快。但据说仍睡得不多，所以我又换了一种安眠药交老金三粒（每晚代发一粒给二哥），且主张临睡喝热牛奶一杯。昨晚大家散得特别早。今早他来时精神极好，据说昨晚早睡，半夜"只醒一会儿"。说是昨夜的药比前夜的好，大约他是说实话不是哄我。看三天来的进步，请你放心他的一切。今晚或不再给药了，我们熟友中的谈话多半都是可以解除他那些幻想的过虑的，尤以熙公[2]的为最有力，所以在这方面他也同初来时不同了。近来因为我病老金又老，在我们这边吃饭，所以我这里没有什么客人，他那边更少人去，清静之极。今午二哥大约到念生[3]家午饭。噜噜嗦嗦写了这大篇，无非是要把确实情形告诉你放心，"语无伦次"一点，别笑话。

---

[1] 以上部分为梁思成所写，以下部分为林徽因所写。
[2] 熙公，指清华大学教授张奚若。
[3] 念生，指翻译家罗念生。

这里这几天天晴日美,郊外适于郊游闲走,我们还要设法要二哥走路——那是最可使他休息脑子,而晚上容易睡着的办法,只不知他肯不肯。

即问

思成 徽因同上

您自己可也要多多休息才好,如果家中能托人,一家都来这边,就把金家给你们住,老金住我们书房也极方便。

/ 致梁思成 [1]

思成：

我现在正在由以养病为任务的一桩事上考验自己，要求胜利完成这个任务，在胃口方面和睡眠方面都已得到非常好的成绩，胃口可以得到九十分，睡眠八十分。现在最难的是气管，气管影响痰和呼吸又影响心跳甚为复杂，气管能进步，一切进步最有把握，气管一坏，就全功尽废了。

我的工作现实限制在碑[2]建会设计小组的问题，有时是把几个有限的人力拉在一起组织一下分配一下工作，技术方面讨论如云纹，如碑的顶部；有时是讨论应如何集体向上级反映一些具体意见作一两种重要建议。今天就是刚开了一次会，有阮、邱、莫、吴、梁[3]，连我六人。前天已开过一次，拟了一信稿呈郑副主任和薛秘书长的，今天阮将所拟稿带来又修正了一次，今晚抄出大家签名，

---

[1] 此信写于 1953 年 3 月 12 日。
[2] 碑，指当时正在设计中的人民英雄纪念碑。
[3] 阮、邱、莫、吴、梁，其中"莫"指莫宗江，"吴"指吴良镛。

明天可以发出（主要要求立即通知施工组停扎钢筋）。美工合组事难定了，尚未开始，所以也趁此时再要求增加技术人员加强设计实力，（反映我们对去掉大台认为对设计有利，可能将塑型改善，而减掉复杂性质的陈列室和厕所设备等等使碑的思想性明确单纯许多）。再冰小弟都曾回来，娘也好，一切勿念。到时可能已过三月廿一日了。

天安门追悼会[1]的情形已见报，我不详写了。

昨李宗津[2]由广西回来，还不知道你到莫斯科呢。

徽因

三月十二日写完

---

[1] 追悼会，指斯大林的追悼会。
[2] 李宗津，清华大学建筑系美术教授，油画家。

/ 致梁思成 [1]

思成：

今天是十六日。此刻黄昏六时，电灯没有来，房很黑又不能看书做事，勉强写这封信已快看不见了。十二日发一信后仍然忙于碑的事。

今天小吴老莫都到城中开会去，我只能等听他们的传达报告了。讨论内容为何，几方面情绪如何，决议了什么具体办法，现在也无法知道。昨天是星期天，老金不到十点钟就来了，刚进门再冰也回来，接着小弟来了，此外无他人，谈得正好去，又从无线电中传到捷克总统逝世的消息。这种消息来在那样沉痛的斯大林同志的殡仪之后，令人发愣发呆，不能相信不幸的事可以这样地连着发生。大家心境又黯然了……

中饭后老金小弟都走了。再冰留到下午六时，她又不在三月结婚了，想改到国庆，理由是于中干[2]说他希望

---

[1] 此信紧接上信，写于1953年3月17日。
[2] 于中干，林徽因和梁思成长女梁再冰的丈夫。

在广州举行,那边他们两人的熟人多,条件好,再冰可以玩一趟。这次他来,时间不够也没有充分心理准备,六月又太热。我是什么都赞成。反正孩子高兴就好。

我的身体方面吃得那么好睡得也不错,而不见胖,还是爱气促和闹清痰打"呼噜出泡声",血脉不好好循环冷热不正常等等,所以疗养还要彻底,病状比从前深点,新陈代谢作用太坏,恢复的现象极不显著,也实在慢。今天我本应该打电话问校医室血沉率和痰化验结果的,今晚便可以报告,但因害怕结果不完满因而不爱去问!

学习方面,可以报告的除了报上主要政治文章和理论文章外,我连着看了四本书,都是小说式传记,都是英雄的真人真事……

还要和你谈什么呢?又已经到了晚饭时候,该吃饭了,只好停下来(下午一人甚闷时,关肇业来坐一会儿,很好,太闷着看书觉到晕昏)。(十六日晚写)

(十七日续)我最不放心的是你的健康问题。我想你的工作一定很重,你又容易疲倦,一边又吃 Rimifon[1],不知是否更易累和困,我的心里总惦着,我希望你停 Rimifon 吧,已经满两个半月了。苏联冷,千万注意呼吸器官的病。

昨晚老莫回来报告,大约把大台[2]改低是人人同意,

---

[1] Rimifon,即"雷米封",一种防治结核病的药。
[2] 大台,指人民英雄纪念碑的基座。

至于具体草图什么时候可以画出并决定，是真真伤脑筋的事，尤其是碑顶仍然意见分歧。

徽因匆匆写完
三月十七午